Gazal E Ishq

Flairs and Glairs
Publication House

"Gazal-E-Ishq"

ISBN No: " 978-93-90799-30-5"
1st Edition
Language – English and Hindi

Flairs and Glairs
Publication House
Regd. Under MSME Act.

Disclaimer

This is a work of fiction and solely represent the thoughts of the corresponding authors of the articles. Our editors have tried their best to edit the content of all the authors and check the plagiarism.
All the write-ups in this book are unique and are only published in this book.
In case any plagiarism or error is found, only the author is responsible alone, and not the publisher or the Compilers.

Cover Designing and Book Formatting
Shubham Shah and Ishani Agarwal

Acknowledgement

All co- authors have a huge support in the completion of this compilation, thank you very much for their time and patience.

Thank you to the publisher's for giving me such an opportunity through this project and for giving me valuable time.

Special thanks to muskan shah who guided me from beginning to end.
And thanks to my family, friends, and all well wishers, who gave their full support.

Co Author

Shubham Shah (Founder, Flairs and Glairs)
Ishani Agarwal (Co-Founder, Flairs and Glairs)
Himanshi Singh (Compiler)
Muskan Shah (Project Head)

1. Sourabh Singh
2. Abdur Raqueeb
3. Litta
4. Neha Rahi
5. Vipul
6. Sheela Suman
7. Ankit Kumar Singh
8. Abhishek
9. Sahil Ansari
10. Deepshikha Nathawat
11. Priyanshu Tripathi
12. Mr. Azeez
13. Rahul Verma
14. Piyush Sharma
15. Shaifali Agarwal
16. Masoom Kumar Anjaan
17. Bhavesh Patel
18. Prashant Shrivastava
19. Baleshwar Jangde
20. Anand Bhushan
21. Suman Kumari
22. Sandip Awasthi
23. Nidhi Sharma
24. Nidhi Nigam
25. Yogesh
26. Deepak Pradhan
27. Sunil Gupta

28. Ananya Bhardwaj
29. Prabhat Singh
30. Nupur Sharma
31. Asmita Soni
32. Nitesh Rawal
33. Anil Kumar Tomar
34. Surbhi Bairagi
35. Suryansh Diwedi
36. Utkarsh Chaubey
37. Madhu Singh
38. Jayraj Bariya
39. Shah Afak
40. Tarun Goyal
41. Mahaveer Prasad
42. Tanisha Raj
43. Sikhar
44. Rajendra Bahadur Singh
45. Ganpat Gehlot
46. Sufiya Khan
47. Pankaj Thakur
48. Gulshan Kashyap
49. Aakanksha Chand
50. Laxmi Maurya
51. Dhirendra Singh Rana
52. Jignesh
53. Amritanshu Kumar
54. Anshul Nanda
55. Alka Soni
56. Niva Devi
57. Jayant Ashish
58. Aniket
59. Kamlakar Singh
60. Renuka Sahu
61. Tejashvi Rathore
62. Rahul Singh Anupam
63. Rahul Singh(Raahi)
64. Manish Sharma
65. Prashant Kumar Singh

66. Pragati Yadav
67. Akshay Sharma
68. Mansi Mishra
69. Suraj Pratap
70. Prashant Vijay Kadam
71. Shub Mishra
72. Hemant Vishwakarma
73. Jonwal Ranjit
74. Pooja Gupta
75. Ayushi Kawadkar
76. Ashikul Shaikh
77. Ashish Kumar
78. Pulkit Kaushik
79. Richa Bittharia
80. Vishal Meena
81. Vikash Yadav
82. Rahat Wafa
83. Sonali Meher
84. Kalamkari Vijendra
85. Adarsh Tiwari
86. Rajeev Tripathi
87. Chandan Kamiya
88. Manish Kumar Singh
89. Akhilesh Kumar Mishra
90. Dhananjay Tyagi
91. Vatsal Bajpai
92. Manaswinee Mauli
93. Nandita Rani Giri
94. Rajnikant Kumar
95. Prem Sagar Gupta
96. Vikash Kumar
97. Akash
98. Dilshad Khan
99. Rajan Kumar
100. Afraj Khan
101. Modita
102. Vikash Kumar
103. Isshu Sami

Shubham Shah

(Founder- Flairs and Glairs)

Shubham Shah, an entrepreneur at “Flairs & Glairs” a brand with dynamics in events organizing and cultural educational pan INDIA, is a 26yrs old guy who recently has entered the digital platform of imprinting emotions. He has initiated with his own open mic platform to help budding poets and aspiring writers under his brand named as “Teekhe Zasbaaat”

He is a commerce graduate from the Bhagalpur City of Bihar. He states Writing has impersonated him since childhood and he has now been writing for over a decade!
Cooking, on the other hand, is his passion! He also mentions, trying out new things just tickles him!
When asked sir, Why SPICY EMOTIONS?
He smiled and added, “agar jasbaat teekhe na ho toh wo jasbaat kahan” Spices are all that blends! So do his words!
As a chef, he presents to you his dish! Hot and freshly served! Taste it! Feel it! Enjoy it! You can also find his writing in the Book “Teekhe Zasbaaat” and 50+ Co-authored anthologies. With his passion to explore opportunities across Platforms, he is working with keen devotion and We wish him all the very best for his future ventures.
He is Featured in the **International Magazine De-Mode** for his upcoming solo novel.
He is **Approved by Ne8x for its Lit Fest,** and is a **Golden Star Awards 2020 Winner.**
He is an **India Book of Records Holder** for his Anthology **Satrang,** and has the **Grandmaster** title by **Asia Book of Records**, for the same.
He has also been featured in **Prabhat Khabar**, **Dainik Jagran** and other renowned Newspaper for his achievements. He has also been awarded with **India Star Republic Award 2021.**
He has been a proud co-author to
India Book of Records (Title- Black)
World Book of Records (Title -15 Wonders of Poetries)
India Book of Records (Title - Aaina)
Vajra World Records Holder (Title - Gustakhi Maaf Hai)
High Range of Records Holder (Title - Gustakhi Maaf Hai)

Share your reviews on his

INSTAGRAM

@spicy_emotions
@shubham4shah

Or via email on

shubham2shah@gmail.com

To stay tuned to his work and opportunities follow his business Handles

INSTAGRAM FACEBOOK YOUTUBE

@flairsandglairs
@teekhezasbaaat

WEBSITE:

https://flairsandglairs.in/
https://flairsandglairs.com/

Ishani Agarwal

(Co-Founder- Flairs and Glairs)

Ishani Agarwal hails from the City of Joy, Kolkata.
She is the co-founder of her Community "Teekhe Zasbaaat" and Flairs and Glairs Publication.
Been a Compiler for 45+ Anthologies, she is in the process for more. Co-authored in 150+ Anthologies. She is a India Book of Records Holder, a Vajra World Records Holder, a High Range of Records Holder and a Bravo Record holder.

Approved by Ne8x for its Lit Fest 2020, and Literary Icon 2020. Also a Golden Star Awards Winner 2020.
She has also been awarded with India Star Republic Award 2021.
She has been featured by the National Magazine "Taree Zameen Par" with the title 'unstoppable'.
Also featured in the International Magazine DeMode for her upcoming solo novel, she is proud to write on social issues, and is happy with the love she is receiving.
Connect with her on Instagram: @Ishani_agarwal_quotes / @compilations_so_far

Himanshi Singh
(Compiler)

She is Himanshi Singh from Pratapgarh, Uttar Pradesh. She is a final year graduate student. With an ambition to be a judge she also has a great interest in literature. She loves to write poetry, prose, stories. She is a young budding writer with a creative mind who very well know the art to spruce up her thoughts into word that can touch the heart of every one.

(1)

जमाने की मिल्कियत का यूँ असर हुआ
डूबा था चाँदनी में,अब उभरता शहर हुआ

रोशनी से ताल्लुक अब मत पूछो मुझसे
दिन के गुजरे बिना ही रात का पहर हुआ

जिंदगी प्यास में थी मगर दरिया नहीं गया
मिरे मरने की वजह तेरी बातों का जहर हुआ

बरसों गुजारे थे जिस आसमान के नीचे
उस गली में मेरे नाम का भी एक घर हुआ

क्या चेहरा रखना है सामने, भांप लेता हूँ
मिरा किरदार मदारी से अब जादूगर हुआ

मिरा खुदा बिक गया इस खुदी की खातिर
'हिम' अंजाम-ए-जिंदगी का ये कैसा सफर हुआ

(2)

जो राब्ता टूटा था उनके आजमाने के बाद
क्यूँ याद आ रहा है वो सब भुलाने के बाद

गुजर गया दिन मेरा मयखाने में डूब कर
कैसे होश बाकी है,साकी तेरे पिलाने के बाद

वो कह गए इक सांस में,हम बस देखते रहे
टपकी थी आँखें उनकी सब बतलाने के बाद

एक बाशिंदा सुबह सुबह ये खबर सुना गया
वो रोये बहुत थे तस्वीर मेरी जलाने के बाद

आज हवाएँ रह रह के मुझे यूँ छेड़ रही हैं
"हिम' अब लौट रहा है वो इक जमाने के बाद

(3)

दबे पाँव किसी रोज आकर मिल
ख्वाब सारे नींद में सुलाकर मिल

यूँ मिलते तो हो तुम रोज ही हमसे
दिल के शिकवे कभी भुलाकर मिल

चाँद तारों के बने जहाँ का क्या होगा
दरवाजे पे कभी अपने बुलाकर मिल

भरा है जहर सबकी फितरत में अब
माँ की लोरी में खुदको बहलाकर मिल

बड़ा बोझ है "हिम' अब खुद्दारी का
किसी नाचीज को सपने थमाकर मिल

(4)

जितने बे- इतिबार हैं, सबका रखा हिसाब है
बेगानी हूँ सब की मैं, मेरी आदत जरा खराब है

हर निस्बत ने ठुकराया मुझे साकी तू देख ले
मैखाना भरा पड़ा है मगर, नशा ढूढ़ती शराब है

निकल पड़ी आवारगी संग हर असर जानते हुए
अन्जाम के अस्बाब पे कितने किस्से बेहिसाब हैं

कायनात भर में ढूढ़तीं फिरूँ दो पल सुकून के
शब से चुराते नींद कितने अश्किया ये ख़्वाब हैं

छलनी हैं हथेलियां 'हिम' इस गफलत में आने से
थाम लिया काँटों का सेज,ये देखकर कि गुलाब है

Muskan Shah
(Project Head)

'I follow dreams to make them reality'

Muskan Shah, a girl from Jharsuguda, Odisha. Currently a Company Secretary Professional Student, followed her dreams of
an Interior Designer. A writer and a Poetess, she writes poetry of
all theme and Poems are her forte. She has a dream to be known as
a Poet in the world for her poetries and beautiful pieces.

(1)

हसरत तुम्हारी हुई ऐसे की दिल ही फिसल गया
तुझमें बेहतें मुझे किनारों का रास्ता हो मिल गया

लो रुक सी कुछ यूं गई सासें भी तेरे इंतज़ार में
तुझमें रुकते दिल का हर जज़्बात वो खिल गया

तू ठहरा रहा जैसे मानो मेरे ही आने में देर थी
तुझमें रहते मेरा तुझसे वस्तां हो मिल गया

तेरी मेरी कहानी की तो जैसे रूत ही और थी
मेरी इश्क़ की कहानी का दास्तां जो मिल गया

अब इश्क़ का क्या बताए ये तो होते होते हो गया
तुझसे दिल लगाके मेरा दिल जो तेरे दिल से मिल गया।।

Sourabh Singh

A Banker by day and a writer by nights...Sourabh is just another regular guy entangled in the cobwebs of human struggle of survival, seeking solace by writing

(1)

तू मेरी थी नहीं, हुई मगर, अब फिर नहीं है...
ना हो कर भी अभी तक मुझमें तू बाकी कहीं है,
मिटाना चाहता हूं ज़ेहन से तेरी याद हर इक...
मगर मेरी रूह से तेरा अक्स तक मिटता नहीं है!

अक्ल कहती है रुक जा बस यहीं काफी हुआ अब...
क्यूं उसको सोच कर ज़ाया करे तू वक़्त अपना,
भुला हर बात उसकी और सभी यादें मिटा दे...
तू उसको छोड़ पीछे जान कर बेकार सपना!!

मैं पीछे छोड़ दूं उसको या हर इक याद उसकी...
ना सोचूं भी अगर और ना करूं कोई बात उसकी,
मेरे अल्फ़ाज़ तक उसके ही सदके कर रहें हैं....
हुए मेरे दिन भी जिसके नाम... हर इक रात जिसकी!!!

है इन सब की वज़ह इस दिल मेरे का बावलापन....
मैं इसको कोसता हूं क्यूं भला आया ये तुझ पर,
मैं उस दिन भी कसम रोया था ऐसे टूट कर ही...
के जिस दिन तू नहीं का ये केहर टूटा था मुझ पर!!

मगर अब जानता हूं मैं निरी चाहत का वो सच...
के जिससे लाज़मी है हो चला करना किनारा,
ज़ख्म ऐसा मिला है मुझको तुझसे दिल लगा कर
भले हो दिल्लगी पर इश्क़ ना होगा दोबारा।

दोबारा हो सके ऐसा तो अब मुमकिन नहीं और...
दोबारा हो भी सकता है यही सबका भ्रम है,
मेरी चाहत की थी जो दास्तां तुझसे शुरू थी...
मेरी चाहत की है ये हद की वो तुझ पर ख़तम है।

Abdur Raqueeb

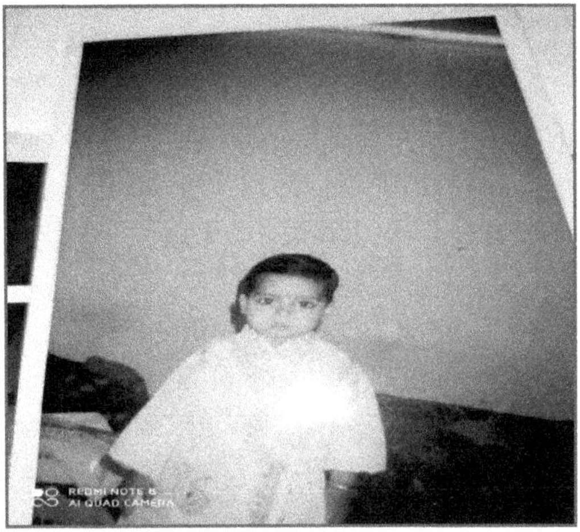

अब्दुर रकीब एक तालिब ए इल्म हैं, जिनकी उम्र 17 साल है वो बिहार के बेतिया जिला से ताल्लुक रखते हैं। उन्हें अपनी पढाई के साथ साथ अशआर वगैरह लिखने का शौक है। उन्होंने अपनी तख़लीकात को लोगों के पेशे नज़र रखके बड़ों की हौसला अफजाई और छोटो की मुहब्बत हासिल की है।

चले जाओ

नहीं रोना तुम्हारी याद में जाओ चले जाओ
पलट कर फिर ना तुम आना चले जाओ चले जाओ
नहीं मुश्ताक़ अब आंखें मेरी तेरी जियारत को
ये चेहरा अब ना दिखलाना चले जाओ चले जाओ
के अब मैं ताएब ए हक़ हूं ताल्लुक रब का है हासिल
तुम्हारी ना रही हाजत चले जाओ चले जाओ
चलो अब जा रहे हो तो चले जाना ज़ेहन से भी
ना भूले से भी याद आना चले जाओ चले जाओ
मुअज्ज़ज़ हूं गदा होकर खुदा का सुनले ऐ ज़ालिम
नहीं हूं तेरा सरगश्ता चले जाओ चले जाओ

इफ्लास

उम्मीद के बंधन में हाल अपना हुआ खस्ता,
ये कैसी रौशनी है के नजर आता नहीं रस्ता।
मुफलिसी को देखकर वो मेरी बोली लगाता है,
गर चे मै कीमती नहीं पर इतना भी नहीं हूं सस्ता।
ताल्लुक खातिर है उनसे हमें मिलना है अब उनसे,
फकत जुबां से कह के कैसे रह जाऊं मै वाबस्ता।
छाये हैं ज़िम्मेदारियों के बोझ मिस्ल ए अब्र,
बिखरा नहीं हूं मै बस हो चुका हूं शिकस्ता।
बिन तेरी हिमायत के लड़ जाउंगा ज़ालिम से,
काफी मुझे है रब मेरा ना है कोई हाजत ए दस्ता।

असल मुसर्रत

गुज़र रहे हैं अय्याम मेरी ज़िन्दगी के,
तुझसे बिछड़ कर के बड़ी खुशदिली से।
कह रहे हैं लोग के तन्हाई है मिस्ल ए सज़ा,
तो तुझ संग कौन सा आजाद था वाबस्तगी रखके।
बड़ी मिन्नत समाजत हो रही तोड़ सुकूत अपना,
कोई समझाए कैसे देख ली है बातें भी करके।
के तुझसे जो जुदा होकर सुकूं मुझको हुआ हासिल,
है लगता कैदखाने से अभी आया हूं छुट करके।
हसीं मुझको ये मंज़र क्यों ना तेरे साथ लगता था,
क्या अबतक जी रहा था साथ तेरे आँखें बंद करके।
मेरी सांसों के रस्ते में कोई तो चीज थी हायेल,
के अब जाकर के राकिब सांसें ली हैं मैंने खुल करके।

अर्ज-ए-हाल

दिखता नहीं क्या तुमको ये हाल हमारा,
मुद्दत से है तुमसे ये सवाल हमारा।

खुशबख्ती है मेरी के लिल्लाह तुम खुश हो,
खुश रखे खुदा हरदम है अर्ज़ ए हाल हमारा।

अब छोड़ दो मुस्लसल तुम इस्तीफसार ख़ुदारा,
खुद आके ही देखलो तुम अब हाल हमारा।

जोरो जफा से दूर हूं है प्यार वफा से,
तेग ए सितम से बेहतर है ये खस्ता हाल हमारा।

करते हैं बैतबाज़ी चलो बैठ के बाहम,
ग़ालिब रहेगा आपका इक़बाल हमारा।

Litta

एलके ढिल्लों उर्फ लिट्टा हरियाणा के एक मध्यमवर्गीय किसान परिवार से हैं। ये बी.एससी. के बाद दर्शन में स्नातकोत्तर हैं। शेरो-शायरी और कविताएं लिखना इनके पसंदीदा रचनात्मक कार्य हैं। इनकी रचनाएं मुख्यतः इनकी निजी जिंदगी से ही प्रभावित होती हैं। उर्दू भाषी क्षेत्र से न होने के बावजूद भी इनके लफ्जों में हिन्दी उर्दू शब्दों का सुंदर प्रयोग दिखाई देता है।

(1)

मसोसी हुई ये जिन्दगी अब रास नहीं आती
वो कहां-कैसी है कोई खबर खास नहीं आती

दिन गुजर जाता है ना करके भी करते करते
खुद्दारी को गले लगाने कोई आस नहीं आती

सौ चाह होती थी बड़ा हो ये करुंगा वो करुंगा
अब सैलरी आती है मगर वो प्यास नहीं आती

अना की उम्र तो बड़ी ही जल्दी से ही ढल गयी
सांसों का दम है के बस नजऱ लाश़ नहीं आती

रुत याद आती है लहराती स्वपनी फसलों की
हालात इतने बंजर हैं के घास तक नहीं आती

ख्यालों में खोया रहना अब नुकसान है ललित
चुप हो बैठ जाने से जिंदगी में तऱाश नहीं आती

(2)

मेरा और मुझ-इ से राब्ता बड़ा मुश्किल है
हो ही नहीं सकता ये मुश्किल है मुश्किल है

तुम पूछो गर के अब भी है मुहब्ब़त उससे
ज़वाब में ही ज़वाब मुश्किल है मुश्किल है

सब ठीक है ये खबर दी इक ख़त से मुझको
मगर अब मिल पाना मुश्किल है मुश्किल है

उम्र ए दीवानग़ी में हो चुका ज़हन उम्रदराज़
मिरा बेद़म जी जाना मुश्किल है मुश्किल है

तक्सीम होगी जब मिरे जुर्मों की जुर्रतों की
मेरे हिस्से में बच पाना मुश्किल है मुश्किल है

दिल जला के ही होता है ज़िंदादिल ललित
सही-गलत भेद पाना मुश्किल है मुश्किल है

(3)

बंद हैं दिली-रास्ते के हैं नहीं धूप-दरवाजों के दिन
काश! मैं मर चुका होता जब आए रिवाजों के दिन

काम धंधा भी अब क्या करें सब ओर हाल बुरे हैं
जिधर भी देखो हैं चालबाज ओ गम्माज़ों के दिन

जो खामोशी में गुज़ार दी गई वही अब खल रही
लंबा इंतजार था के आएंगें कभी आवाजों के दिन

फुरसत होती तो बहलाने लग जाता दिल बेअक्ल
समझा नहीं के बनाने से बनते हैं जां-बाजों के दिन

जो जां थी बदन में सोच बंधन से परे काम की थी
वही बेकाम करी बना के हर दिन अंदाज़ों के दिन

रोते हुए पर हंसते देखे हैं हंसते हुए पर रोते लोग
काफ़ी वक्त पहले'इ समझ आया समाजों के दिन

खुद के दम से ही है हस्ती विरासत में ना-मुनासिब
बख़त में तपे जो उसी के आते हैं परवाज़ों के दिन

कुर्सी पर बैठ के भी हांफता है ये फिटनेस मास्टर
नेस्तानाबूद कर चुका खुद को काम-काजों के दिन

नज़र अब जिंदगी आए भी क्या के गुज़र चुकी है
ललित के दिन आंएगे गर आएगें ना-साज़ों के दिन

Neha Rahi

Neha is a new writer and she lives in New Delhi.
She is typical Delhiite girl. She is always full of energy and positivity. She has started her journey in writing during this lockdown and her first book was Nari in which she works as a co-author.
Now she is working in so many books as a co-author as well as compiler.
She has a beautiful relationship with pen and paper.
She always tries to make a beautiful image through her poems.

(1)

चिंगारी सा बिता जा रहा हूं
अंगारों पे चलता जा रहा हूं

मैं वो परवाना बन गया हूं
जो शम्मा के साथ पल - पल पिघलता जा रहा हूं

भटका ही सही मगर मशहूर होता जा रहा हूं
मैं दिल जलो की महफ़िल में उम्दा शायर बनता जा रहा हूं

दिल लगाने की गुस्ताख़ी करता जा रहा हूं
मैं तुझे तेरे ही शहर में बदनाम करने जा रहा हूं

मंज़िल की तलाश में मैं "राही" बनता जा रहा हूं
तेरी चाहत में ना जाने कितनो का कातिल बनता जा रहा हूं

(2)

मैं तुझे जैसा नहीं हूं
मैं मुझ जैसा हूं

मैं सही भी नहीं हूं
मैं गलत सा हूं

मैं जुड़ा सा नहीं हूं
मैं जुदा सा हूं

मैं खफा सा नहीं हूं
मैं खिला सा हूं

मैं मंज़िल नहीं हूं
मैं सफ़र सा हूं

(3)

इश्क़ से गीला ही क्या
जो खुदका ना हुआ वो मेरा ही क्या

मैं तुझसे खफा भी क्या
तुझे पाया नहीं तो खोना भी क्या

इश्क़ की सज़ा भी क्या
जो गुन्हा जहान ने किया
वो गुन्हा भी क्या

पल भर की मुलाकात भी क्या
जिससे कोई खफा ना हुआ वो खता भी क्या

जिसमें दर्द ना हो वो इश्क़ की सौगात ही क्या
जहां कोई हमसफ़र ना मिले ' राही' वो राह ही क्या

(4)

तितली बन कुसुम को ढूंढता हूं
मैं सफर में मंज़िलो को ढूंढ़ता हूं
मैं जवाब हूं सवाल को ढूंढ़ता हूं
मैं अपराध कर अपराधी को ढूंढ़ता हूं
मैं किस्सों में जवानी ढूंढ़ता हूं
मैं ज़िन्दगी में अब भी रवानी ढूंढ़ता हूं
काफ़िला छोड़ एकांत ढूंढता हूं
अफसोस मैं तुझमें कशिश ढूंढ़ता हूं
मैं हर पल कुछ नया ढूंढ़ता हूं
मैं तो ' राही' नई राह ढूंढता हूं

Vipul

विपुल कोई शायर नहीं है बस चन्द जज्बातों और लम्हों को कागज़ पर उकेरने का प्रयास करते हैं आपने 2018 से लिखना शुरू किया विपुल रीवा (म.प्र.) के रहने वाले हैं पर साँची (विदिशा,म.प्र.) में रहते है वहाँ एक शिक्षक के रूप में पढ़ाने के साथ साथ अपनी पढ़ाई भी करते हैं ।आपने drowned feelings नाम की पुस्तक में सह लेखक के रूप में कार्य कर चुके हैं। आप your qoute app पर 5000+ followers के साथ अपने लिखने का सफर जारी रख रहे हैं।

बेजान जिस्म

सोच रहा था भुला दूँगा तुझे अगली सहर के साथ
अरसा गुज़र कर उस सहर की शुरुआत न हुई।

काँपता रह गया एक हाथ ख़त तुझे लिखकर
जान लिखा तुझे उसमें और तुझे मालूमात न हुई।

कहता है जहाँ वो बात करता है तो नूर बरसता है
वो निकला तो बड़ी करीब से था बस बात न हुई।

तेरे इश्क़ में जानाँ जुदाई भी क्या खूब पाई हमने,
मिले जो तुझसे फिर खुद से मुलाकात न हुई।

रोते रोते रुखसत कर दिया उसे अपने जहांन से
जान तो निकल गयी जिस्म से बस लाश न हुई।

मुसाफिर

बनना तो चाहता हूँ तेरी पहली मोहब्बत ,
मैं इश्क़ भी तुझसे खूब निभाउंगा।

अक्स दिखाई देगा तेरी आँखों में मिरा,
कुछ इस तरह तेरी सांसों में समाऊँगा।

ताउम्र ज़िंदा रहेगा तू धड़कन बनकर,
ये वादा रहा तुझसे मैं जरूर निभाऊंगा।

तेरे बदन से आएगी ताउम्र खुशबू मिरी,
कुछ इस कदर तुझे सीने से लगाऊंगा।

हो सके तो समेट लेना तू भी बाहों में मुझे,
वरना मुसाफ़िर हूँ रेत की तरह मुट्ठी से फिसल ही जाऊंगा।

ऐतबार

नहीं रहा तू इस ज़िन्दगी में ये ऐतबार कैसे करूँ,
एक तेरे सिवा किसी से मैं प्यार कैसे करूँ।

एक बस तेरा ही तो ग़म है इस ज़िन्दगी में,
तू ही बता खुश रहनें की मैं फ़रियाद कैसे करूँ।

रखती है जो तू पलकों के बीच बरहना शमशीर,
उससे खुद को तबाह न करने की मैं मुराद कैसे करूँ।

बस गयी है एक तेरी ही खुशबू मेरे इस ज़िस्म में,
खुद से खुद को अलग करने की मैं शुरुआत कैसे करूँ।

न रहा भरोसा इस जहांन के किसी बाशिंदे में,
हूँ तो मैं भी इस जहाँ का खुद पर भी ऐतबार कैसे करूँ

(4)

तू किसी और को जो बिन मांगे मिला है
शिकायत नहीं है शख्स से खुदा से गिला है

हर दुआ ,इबादत में जिक्र जब तेरा ही किया
तकदीर में लिखा नही तुझे ये कैसा सिला है

था वादा उसका भी क़यामत तक साथ निभाने का
बे-वफ़ा तो नहीं है वो परिवार का मसअला है

की थी बहुत मिन्नत हमने उनसे छोड़ न जाने की
छोड़ा नहीं है उसने बस मजबूरी का मुआमला है

हर लम्हा रहता है हमें इंतेज़ार बस उनका
वो बस मिलता नहीं , बाकी कई दफा मिला है

शिला सुमन

शिला सुमन जी एक गृहणी है, उन्हें बचपन से लिखना , पढ़ना, घूमना, बागवानी करना, लोगो से मिलना और बातें करना पसन्द रहा है। उन्हें अपने मन के भावों को शब्दों के रूप में ढालना अच्छा लगता है ।

(1)

क्षितिज पर छाई है कालिमा,
धरा भी कुछ उदास है।

दोनो की है अपनी-अपनी हसरतें,
दोनो की अपनी ही प्यास है।

खुशियां जुड़ी है दोनों की एक दूसरे के साथ,
पर दोनों ना पास पास है।

एहसास होता है क्षितिज के ही आगोश में समाई
रहती है हर वक्त धरा।

पर ये सिर्फ भ्रम रूपी आभास है
कदम ज्यो-ज्यो आगे बढ़ते जाते है
फासले ज्यो के त्यों बरकरार है।

शायद कभी न मिटेगी ये दूरियाँ,
धरा को क्षितिज से अब बस बूंदो की आस है।

क्योकि त्याग और परोपकार में ही
इस धरा को विशवास है।

(2)

इस मोह माया के ताने बाने में हैं ,
क्यूँ हम इंसान यों फसें हुए?

नहीं जाएगा साथ में कुछ भी
फिर भी हैं यों डटे हुए..

कांधे पे लादे फिरते हैं
जर, जमीन और माया को

जाना है कांधे पे चढकर
छोड़ नश्वर इस काया को!

फिर गुमान क्यूँ करता प्राणी
जब साथ शरीर नहीं जा सकता!

तो जर -जमीन कैसे जाएगा
जिसके मोह में है तू फसा हुआ?

तोड़ो , अब इस जाल को
जी लो जीवन के हर पल को हर ख्याल को!!

(3)

जीवन कि इस अंधेरे से मैं,
प्रभात को ढूंढ लाऊंगी।

मैं आज की नारी हूँ,
हर मुश्किल को आसान कर दिखाऊंगी।

बहुत सह लिया है मैंने,
अब और न सर को झुकाऊंगी।

आत्म सम्मान को मैं फिर से वापस पाऊंगी,
लक्ष्मी है नारी , सरस्वती है नारी,
दुर्गा है नारी और काली भी है यही नारी।

अगर जिद पे आ जाये तो
ब्रह्मांड हिला सकती है।

तोड़ के सारी बेड़िया
वो आज़ादी पा सकती है।

(4)

कोई हर पल साथ खड़ा है ये दिलासा काफी है।
दूर हो पर पास मेरे है ये एहसास ही काफी है।
कोई जख्मों पे मरहम लगाये शिद्दतों से ये विश्वास बाकी है।
शायद कोई मसीहा आये हर पल प्यास ये बाकी है।
कभी हर ख्वाहिश होगी पूरी मन मे आस ये बाकी है।

Abhishek

अभिषेक(हमसाज़) एक युवा लेखक है जो स्तूपों के लिए विख्यात सांची नगरी में रहते हैं । वे सिविल सर्विस की तैयारी के साथ सांची के ही विद्यालय में अध्यापन का कार्य भी करते हैं। आपने लेखन का सफर करीबन 2 वर्ष पूर्व प्रारंभ किया। पिछले 1 वर्ष से आप yourqoute पर अपने विचारों को नज्मों तथा ग़ज़लों के माध्यम से व्यक्त करते आ रहे है।साथ ही आप फ्लेयर्स एंड glairs के साथ को ऑथर के तौर पर जुड़े हुए है।

(1)

ज़हन में कुछ तो था उसके लवों से कह ना पाती थी
वो मेरे सामने खुश पीछे पर आंसू बहाती थी,

कभी खफा ना होती वो कि कहीं खो ना दे मुझको
वो तो सीने से लग मेरे ये दुनिया भूल जाती थी,

वो अपने हाथ से चूल्हे की गरम रोटी लाकर के
अपनी गोद में सर रख मेरा मुझ को खिलाती थी,

कोई तोहफा नहीं चाहा ना कोई मांग की उसने
वो तो अनजान थी दौलत से मेरा वक्त चाहती थी,

वो अपने हाथ को अक्सर मेरे हाथों में रख कर के
मैं उससे दूर ना जाऊं ये वादा मुझसे चाहती थी,

उसे ना मोह था कि वो कभी सुंदर दिखे मुझको
वो तो बस लाल कुर्ती पर दुपट्टा अ◌ोड आती थी।

(2)

थोड़ा रुका, कुछ सोचा और चलने लगा
ये इन दिनों मेरे ज़हन में क्या चलने लगा,

उसने तो बस देखकर मुस्कुराया ही था
इसमें ऐसा क्या था जो दिल मचलने लगा,

रात को छत पर तारों से गुफ्तगू करना
कुछ इस तरह मेरा दस्तूर बदलने लगा,

लगता है किसी ओर की अमानत हूं मैं
इस खातिर मैं कदम कदम संभलने लगा,

मेरे लिबास का होश भी ना रहता मुझको
अब तो आइने के सामने घंटो ठहरने लगा,

ये हकीक़त है कि पत्थर दिल था 'हमसाज़'
पर उसके छूते ही ये मोम सा पिघलने लगा।

(3)

ये ग़म है ऐसा की सुकूँ इसे पता नहीं,
निकल के दिल से तेरे अब कहां रुकूं पता नहीं,

तेरे साए को ही कह गए थे हम तो ए खुदा
जो तू अब है ही नहीं तो कहां झुकुं पता नहीं,

मेरे कुछ कहने से ही पहले तूने लव को था पढ़ा
की जो तू पढ़ सके उसे कहां लिखूं पता नहीं,

हां कितनी मुद्दतों से पाया मैंने भीड़ में तुझको
जो अब तू खो गया तो कैसे मैं ढूंढूं पता नहीं,

ये है सच की तुझसे ही मोहब्बत करता है अभि
मेरे मालिक दिल-ए-नादान को क्या कहूं पता नहीं।

(4)

ग़म है इस कदर की अब कहां सुकू पता नहीं
निकल के दिल से तेरे अब कहां रुकूं पता नहीं,

तेरे साए को ही कह गए थे हम तो ए खुदा
जो तू अब है ही नहीं तो कहां झुकुं पता नहीं,

मेरे कुछ कहने से ही पहले तूने लव को था पढ़ा
की जो तू पढ़ सके उसे कहां लिखूं पता नहीं,

हां कितनी मुद्दतों से पाया मैंने भीड़ में तुझको
जो अब तू खो गया तो कैसे मैं ढूंढूं पता नहीं,

ये है सच की तुझसे ही मोहब्बत करता है
अभि मेरे मालिक दिल-ए-नादान को क्या कहूं पता नहीं।

Sahil Ansari

Sahil resides in Mumbai, Maharashtra.
He is 23 y/o. He is a simple and troglodyte person.
He loves to Write About Life and Philosophies. He is not a published writer yet but you can read some of his amazing writings on Social apps.

(1)

क्यों बेवजह ही लफ़्ज़ों को ज़ाया करता है,
ज़रूरी है जो लहजा, तुझ में शामिल ही नहीं ।।

ज़रा सी नज़ाकत नहीं तेरे लफ़्ज़-ए-इश्क़ में,
रहने भी दे यार, तू इश्क़ के क़ाबिल ही नहीं ।।

गलतफहमी ना रखना, लौट के आ जाओगे,
समंदर-ए-इश्क़ का तो, कोई साहिल ही नहीं ।।

तुझे खबर है ज़माने की यहां अब वफ़ा नहीं,
मगर हुनर बेवफाई का, मुझे हासिल ही नहीं ।।

जो मर गई वफ़ा तो मुकद्दमा भी किस पे हो,
हर शख़्स कहता है, हम तो कातिल ही नहीं ।।

(2)

अंदर तक डूबे है इश्क़ के समंदर में,
हमारे लिए भला कोई गहराई कैसी ।।

आसान तो हैं नहीं हमारे साथ चलना,
तो पाओं से जुड़ी हुई परछाई कैसी ।।

मुझ को जान ने का दावा था आपका,
अब अकेले मिल के शनासाई कैसी ।।

आप के तो चर्चे हैं महफ़िलों में मगर,
हमारी छोड़ो आपकी ये तन्हाई कैसी ।।

बात आप ही बेरुखी से करते हो ना,
बात क्या है हम से ये रुसवाई कैसी ।।

वो मरीज़ साहब, कब मर चुका है जो,
उसके लिए पट्टी और ये दवाई कैसी ।।

(3)

मैं जो फुर्सत से पढ़ने बैठूं तुझ को,
तू तो बहुत कुछ बताती है मुझ को ।।

तेरे लब शरारत, चेहरा हंसना और,
ये आंखें इश्क़ सिखाती हैं मुझ को ।।

तेरी फ़िकर है, बस बेचैन करती है,
मैं सुकुं चाहूं तो सताती है मुझ को ।।

तू और तेरी यादें दोनों ही छेड़ती है,
मैं सोना चाहूं तो जगाती है मुझ को ।।

एक पल को जब तन्हाई सी होती हैं,
तू अपनी याद दिलाती है मुझ को ।।

तुझे अंदाज़ा नहीं अपनी बातों का,
तेरी एक बेरुखी रुलाती है मुझ को ।।

मेरे होने ना होने से क्या होगा भला,
मौत बड़े प्यार से बुलाती है मुझ को ।।

(4)

इश्क़ क्या है ये बताना है उसको,
कभी मुझ से भी, मिलाना है उसको ।।

सुना था पत्थर सा दिल है उसका,
मिल कर मुझे ही, पिघलाना है उसको ।।

अगर इक रोज़ वो फ़ुरसत में मिले,
छेड़ के बस सीने से, लगाना है उसको ।।

एक ज़माने से सोया है ख़ुद में वो,
सोने मुझे नहीं देता, जगाना है उसको ।।

ये दिल तो उसका है ये पता है उसे,
मगर बहानों से मुझे, सताना है उसको ।।

नज़रे इस क़दर रखता है मुझ पर,
जैसे इशारों से मुझे, बुलाना है उसको ।।

Deepshikha Nathawat

दीपशिखा नाथावत एक शिक्षिका है| वह बडौदा (गुजरात) में अपने बेटे के साथ रहती है| उन्हें लिखने का बचपन से शौक है| वह संगीत से बहुत प्यार करती है लिखना और गाने सुनना और गुनगुनाना उन्हें अच्छा लगता है| वह अभी पी.एच. डी करना चाहती है और अपनी किताब लिखना चाहती है|उनके लिए दोस्ती बहुत महत्वपूर्ण है|वह भगवान पर बहुत भरोसा करती है|

बारिश

आज बारिश में....
ये जो पानी की बुंदे आज बरस रही है
कुछ अनकही शरारतें हमसे कर रही है
आज बारिश में....
तुमसे मिलने की तलब और बढ रही है
दिल की धडकने बगावत पर उतर रही है
आज बारिश में....
बूदें पत्तों पर मोतीयों की तरह सज रही है
हमारी प्रेम कहानी अब धीरे धीरे आगे बढ़ रही है
आज बारिश में....
आग कि तरह दिल में मिलन की जो आग जल रही है
फिक्र ना कर तेरी मोहब्बत में मेरी जिंदगी संभल रही है
आज बारिश में....

प्यास

बरसात बरसती है बहुत पर ये प्यास नहीं बुझती है
जीने का मन ना हो फिर भी ये सांसे नहीं रूकती है
शरमो हया है दिल में फिर भी पलकें नहीं झुकती है
चारों तरफ है कोहराम फिर भी आस नहीं टूटती है
कितना भी इसे करु परेशान जिंदगी नहीं रूठती है
आतें है कई उतार चढ़ाव पर सभी पहेली बूझती है
नदी निरंतर वैग से समुद्र में आसानी से समाती है
प्यास है उसे समुद्र की तभी कोई सवाल नहीं पूछती है

सफर

माना कि तय करना है ये सफर लंबा बहुत है
पर तेरा साथ है तो जिंदगी में मेरे क्या गम है
तुम्हीं मेरे लिए जिंदगी जीने की वजह हो
मेरे लिए साथ तेरा हो ये खुशी क्या कम है
मांगा दुआओ में जब भी तुझको हमदम है
पूरी हुई वो दुआएँ मेरी भक्ति में वो दम है
सफर तो शुरू हुआ है तो खत्म भी तो होगा
मैं तुम में तुम मुझमें मैं तुम मिलादे तो हम है

बैचेनी का आलम देखो

बैचेनी का आलम देखो....
जब भी होते हो दूर बहुत रोने को दिल करता है
जब होते हो पास मेरे तो तुम्हें छूने को दिल करता है
जब होती बहस हमारी चुप रहने को दिल करता है
बैचेनी का आलम देखो....
जब हो बारिश तेरे संग भीगनें को दिल करता है
हरे भरे खेतों में तेरे संग लहराने को दिल करता है
कुछ ना सुझे तुझमें ही अब डूब जाने को दिल करता है
बैचेनी का आलम देखो....
मिले इतफ़ाक से हम हर जन्म तेरी होने को दिल करता है
रखना भरोसा साथ हूँ तेरे साथ निभाने को दिल करता है
तू बोले जान भी देदू तेरे इश्क में हार जाने को दिल करता है
बैचेनी का आलम देखो....

Priyanshu Tripathi

जी... प्रियांशु त्रिपाठी,आजमगढ़ उत्तर प्रदेश से है।विद्यार्थी है एम.बी. ए (एच. आर .डी) पूर्वांचल विश्वविद्यालय जौनपुर।
2018 RBYSP आजमगढ़ अध्यक्ष भी 10 माह रहे है,इन्हे पढ़ाई लिखाई के साथ समाज सेवा में भी रुचि है इनका दिल समाज के प्रति बिल्कुल साफ पाक है
इनकी कहानी दुखमयी है,6 वर्ष की उम्र में ही पिता के निधन के बाद इनकी शिक्षा दीक्षा का निर्वहन इनके खुद के नाना जी के द्वारा हो रहा है।पंडित राम अवध उपाध्याय (नाना - प्रियांशु) पूर्व प्रवक्ता हिंदी है उनके नेक और अति उत्तम विचारों के माध्यम से लिखने कि रुचि हुई है,ये कविता,शायरी, इंस्प्रिरेशन, लेटर,लाइफ,आर्टिकल लिखते है

(1)

ठहरी हुई सी है जिंदगी तेरे बिन,रफ्तार देना चाहता हूं।
पल दो पल नहीं,हमेशा तेरे संग रहना चाहता हूं।

ठहरी हुई सी है जिंदगी तेरे बिन,
फिर भी तू याद है,सब माफ़ है।

जहन में होंगे तेरे कई सवाल,
पर दिल मै बहुत साफ पाक रखता हूं।

हर घड़ी याद करे या ना,साथ रहे या ना,
पर ठहरी सी ज़िंदगी को तेरे संग जीना चाहता हूं।

कभी सोचा ना था,की हम करने लगेंगे इंतजार,
ऐसा क्या है तुम में ,मै तुम्ही से जानना चाहता हूं।

शब - एं - हिज्र को सिर्फ तेरे लिए रखा है हमने,
अब तो अपनों की आवाज में ,मै तुमको भी सुनना चाहता हूं..!!

(2)

मै बहुत खाली नहीं हूं।
आज सुबह ही निकला हूं।
पर बहुत करीब से तुम्हारे गुज़रा हूं।
तेरी तकलीफें बढ़ाने वाले बहुत है,
मगर मै तेरे लिए दुआ पड़ता हूं।
तू जहा भी है मर्जी तेरी,
मगर मै अब किसी का इंतजार नहीं करता हूं।
मेरे भी जहन में है बहुत सी यादे,
मगर अब बेकार समझता हूं।
मुझपे सब इल्म है ,हर बात झूठ कहता हूं।
मगर तुम्हें तो पता है,
जो भी करता हूं बहुत ही शानदार करता हूं..!!

(3)

गमों के अंधरे में ,हमारी भी मुस्कान खो जाती है,
अक्सर गुलाब चुनने में ,कुछ कांटे भी चुभ जाती है।
बिस्तर भले ही हो अच्छे,गहरी नींद कब आती है,
दिन भर सभी काम जब ईमानदारी, वफादारी से के जाती है।
मेकअप से साहब ,बस चेहरे की चमक बन जाती है,
निश्चित समय के बाद फिर, अईने से भी ठन जाती है,
सुहानी सुबह के लिए,मुश्किलों वाली रात भी बड़ी मुश्किल से
काटनी पड़ती है,
शुभ,नई जीवन शैली के लिए,बड़ी मेहनत करनी पड़ती है...
बड़ी मेहनत करनी पड़ती है..!!

Mr. Azeez

Being in love with poems and stories, Mr. Azeez started following his passion as a writer since last year. In this journey he completed 101 shayaris and 4 poems having a functioning Instagram id @azeez_1309 and working currently for "Flairs & Glairs" a renowned publication.

Azeez is not just a name but a blend of feelings and his writings are for every frame of mind humour or temper.

(1)

ख्वाहिशें मेरी कुछ यू सिमट के रह गई
की अब वो खैरियत भी पुछे तो दिल चहक सा जाता है

गिरफ़्त मे उनकी यादों के हम क़ैद है ऐ अजीज
जब भी याद करता हू उन्हें तो दिल महक सा जाता है

इस शोख दिल की गुस्ताखी ही कहूंगा मैं
जो उनसे मिलने का ख्वाब हर रोज सजाता है

ना जाने कैसी मासूमियत है उनके चेहरे पर
पल भर जो देख लू तो दिल ठहर सा जाता है

के

ख्वाहिशें मेरी कुछ यू सिमट के रह गई
की अब वो खैरियत भी पुछे तो दिल चहक सा जाता है

(2)

बड़ी सिद्दत से चाहा था कि तेरे सिवा किसी और को ना चाहेंगे
और आज आलम ये है कि हमे खुद से भी नफरत है

(3)

ना जाने कौन सी कमजोरी रही होगी इन हाथों की लकीरों मे मेरे
की हर खूबसूरत रिश्ता फिसल सा जाता है

(4)

मेरी अर्जियां ऊपर तक नहीं पहुँचती शायद कमबख्त डाकिया
घूसखोर है शायद

(5)

कुछ यूं टूटा था उनके वायदों का घरौंदा
चार दिन के झगड़े मे नया महबूब बनाया था उन्होंने

Rahul Verma 'सहर'

Rahul is native of East Uttar Pradesh. He has completed his graduation in science and is currently pursuing bachelor's degree in education. Writing is his passion; he prefers to write GAZAL AND NAZMA . He describes himself as
'सहर' हूं मगर शाम की कहानी लिखता हूँ,
यूं समझ लो दास्तां-ए-ज़िंदगानी लिखता हूं।।

(1)

दिल-ए-शज़र पे मोहब्बते-ए-शाख़ कब आएगी,
न जाने अब मौसम-ए-बहार कब आएगी ।

अहल -ज़मीन-ए-दिल बंजर हो गई है नफरतों से,
न जाने अब्र-ए-मोहब्बत बरसात कव लाएगी

दिल-ए-कश्ती ले उतर आया हूं इश्क-ए-तूफ़ान में,
न जाने साहिल-ए-अंजाम कब आएगी ।

हर शब के बाद उदास होता है अब 'सहर' ,
न जाने ख़्वाब-ए-इश्क ज़हन से दूर कब जाएगी ।।

(2)

कभी फ़लक तो कभी ज़मीं सी लगती हो,
तुम्हें जब भी देखूं आसमां सी लगती हो ।

कभी दरिया कभी तूफ़ान तो कभी मंझदार सी लगती हो,
तुम्हें जब भी देखूं कश्ती-ए-हस्ती की पतवार सी लगती हो।

कभी बादल कभी बारिस तो कभी मानसून सी लगती हो,
तुम्हें जब भी देखूं मौसम-ए-बहार सी लगती हो ।

कभी ख़ुशी कभी गम तो कभी तसव्वुर सी लगती हो,
तुम्हें जब भी देखूं ज़िन्दगी सी लगती हो।

कभी हवा कभी खुसबू तो कभी बसंत सी लगती हो,
तुम्हें जब भी देखूं 'सहर' की पहली किरन सी लगती हो ।।

(3)

यूँ ज़ुल्फ़ें बिखेर के झटका मत करो,
दिल नादान है बहुत संभालना नहीं जानता ।

कैसे कहूँ तुमसे मोहब्बत बेपनाह है,
ज़ज्बात बयाँ करने के अल्फ़ाज़ नहीं जानता।

तुम हीर तो मैं भी राँझा बन जाता,
पर क्या करूँ इश्क़ का दस्तूर नहीं जानता ।

तुम रास्ता हो मेरे मंज़िल की,
मैं मंज़िल पा तो लूँ ,पर रास्ता बदलना नहीं जनता ।

'सहर' की पहली इबादत में माँग तो लूँ तुम्हे,
पर क्या करूँ, ख़ैरात मांगना नहीं जानता ।।

(4)

कभी कभी जब नाकाम तमन्नाओं की शोर क़हकहा बनके फिजाओं में बिखरने लगती है,
मैं देखता हूं बुझें हुए चराग, वही चराग़ जो उम्मीदों का सहारा पाकर इक लम्हें के लिए जलते हैं और फ़िर बुझ जाते है,
ऐसी तमाम रातों में मैं अक्सर सितारों से खेलता हूं, मैं आसमां से तोड़ता हूं अपने पसंद के तारें और नुमाइश करता हूं अज़ीज शक्लों और चीज़ों की,मगर फिर हक़ीक़त से अफ़सुर्दा होकर उन्हें बिखेर देता हूं नाक़ाम तमन्नाओं के मानिंद ।।

Piyush Sharma

हाल - ए - दिल जुबां से जो बयां होते नहीं।
स्याही में भीग पन्नों पर उतर जाते है ।
समझ समझाइश के शब्दमय खेल ये।
कहीं कहीं दिमागी विष बन ढह जाते है।
तो कहीं बन पीयूष रूह में उतर जाते है ।।

(1)

जिन्दा हैं जिसके लफ्ज़, मेरे सीने में कहीं।
बहती है जिसकी मुस्कान, मेरी रग-रग में कहीं।
वो, हाँ... वो,
जो छोड़ गयी थी एक खत मेरे नाम ।
देकर गयी थी वो मुझे प्यार का पैगाम।
लफ्जों में उसके प्यार की नुमाइश थी।
भीगी स्याही से उसे मेरी ही ख्वाहिश थी।
लिखा था, कुछ ऐसा करना जिससे मुझे तुम पर नाज हो।
पर कोई पूछे उससे, कहाँ तुम आज हो?
मेरे वर्तमान में क्या तुम मेरे साथ हो?
कुछ सवालों और कुछ जवाबों को समेटे,
वो एक पुराना खत....
जो मेरे सबसे करीब है।।

(2)

निकले थे हम एक रात जिस रास्ते पर।
सामने ही महखाना था।।
गुजरे जो हम उसके सामने से।
कांच के टुकड़ों का ना कोई ठिकाना था।।
जो जोड़ने हम उन टुकड़ों को बैठे,
जो जोड़ने हम उन टुकड़ों को बैठे,
अफसोस भूल बैठे।
जख्म कर देना ही तो उनका नजराना था।।
फिर याद आया तो सम्हले।
देखा सामने ही तो महखाना था।।

(3)

सुनो...
एक दिल की बात
मेरे जज्बात
तुम्हारे ख्यालात
ओर बस तुम।

सुनो...
राज ये एक शाम का
तुम्हारे उस नाम का
मेरे इस मुकाम का
दिल-ए-नादान का।

सुनो...
ख्वाहिश थी तुम्हें पाने की
तुम्हें अपना बनाने की
तुम्हें बेशुमार चाहने की
बस तुम मे ही खो जाने की ।

सुनो...
डर की जंजीरों ने अब जकड़ लिया
मुझे अंधेरों ने अब पकड़ लिया
तुमने जो मुझे अब छोड़ दिया
मेरा खुद से रिश्ता तोड़ दिया।

सुनो...
मुझे तुम अब ओर ना सताओ
मेरे पास आओ
और मुझ में मिल जाओ।।

(4)

शुरू कुछ ऐसे हुआ एहसास ए मोहब्बत, कुछ वो हमें देख मुस्कुराये।
कुछ हम उन्हें देख मुस्कुराये।।
इन मुस्कुराहटों से जो हम बार-बार टकराये, कुछ वो हमारे पास आये।
कुछ हम उनके पास आये।।
चिंगारी उठी थी जो दोनों दिलों में, कुछ वक्त के पन्ने उन्होंने जलाये।
कुछ वक्त के पन्ने हमने भी जलाये।।
कुछ वक्त बाद जब उलझने बढ़ी दोनों दिलों की, कुछ कदम उन्होंने बढाये।
कुछ कदम हमने बढाये।।
हमारे इश्क का सिलसिला कुछ यूँ आगे बढ़ा, बातों ही बातों में रातें निकलने लगी।
राहों में मेरे वो खडी रहने लगी।
बाहों में उसकी मुझे जन्नत मिलने लगी।
बिना उसके मेरी राहें उलझने लगी।
वो चाहती थी मुझे वक्त से भी ज्यादा।
वो चाहती थी मुझे वक्त से भी ज्यादा।।
इसीलिए शायद वक्त ने हमें मारा।
देके यादों का काफिला।
उसने हमें वक्त से टकराना सिखाया।
इश्क की राहों में उसने हमें जिना सिखाया।
यूँ तो बच्चों के जैसे है वो। पर शायद दर्द ने उसे मुझ से बडा बनाया।
ले के दर्द दिल में भी उसका चेहरा हमेशा मुस्कुराया।
शायद इसीलिए भगवान् ने उसे लडकी बनाया।
इश्क की राहों में वो आज भी साथ है मेरे।
वक्त के हाथों मजबूर है, मगर अहसास पास है मेरे।
कुछ यूँ मुकम्मल इश्क है हमारा।
राहों में कांटे मगर इश्क है सहारा।
कुछ यूँ मुकम्मल इश्क हमारा।।

Shaifali Agarwal

Shaifali is exactly not a new writer. She has started her journey from 2017 at your quote. She lives in Roorkee Uttrakhand. She is very positive person and like to write poem, shayaris and inspirational quotes. She wants to be a professional writer.

स्त्री पार्ट 1

मैं लिखती हूँ जब कोई रचना... देती हूँ अपना नाम
क्योंकि.... मैं एक कवित्री हूँ

मैं गढ़ती हूँ जब कोई चित्र... देती हूँ अपना नाम
क्योंकि... मैं एक चित्रकार हूँ

मगर... ???

पालती हूँ नौ महीने कोख़ में अपनी एक जान... देती हूँ पिता का नाम
क्योंकि... मैं एक स्त्री हूँ

सजाती हूँ सँवारती हूँ घर को अपने... देती हूँ पति का नाम
क्योंकि... मैं एक स्त्री हूँ

पहले पिता का उपनाम फिर सात फेरों बाद... मिलता है पति का नाम
क्योंकि... मैं एक स्त्री हूँ

हर क्षेत्र में अस्तित्व है मेरा फिर भी.... नहीं कोई मेरी अपनी पहचान
क्योंकि... मैं एक स्त्री हूँ

स्त्री पार्ट 2

भले ही जानी जाती हो तुम पिता के नाम से मग़र सब जानते हैं
अपने पिता का अभिमान हो तुम

घर की तख़्ती तो नाम है मेरा तो क्या हुआ
मेरे मन्दिर की भगवान हो तुम

क्या हुआ ग़र वंश बढ़ता है मेरे नाम से
इसी वंश में पल रहे संस्कार हो तुम

तुम्हारी अपनी पहचान भले ही न हो मग़र
जिसके बिना हम सब अधूरे हैं वो आधार हो तुम

हाँ......
स्त्री हो तुम..........
स्त्री हो तुम..........
स्त्री हो तुम..........

Masoom Kumar'Anjaan'

Masoom Kumar 'Anjaan', do not judge him by his name he neither is Innocent nor an Unknown from this world.
Dive into the ocean of words with him and see the world from enigmatic angle.

क्या हुआ मुझको

गुज़ारा बहुत, फ़िर भी थोड़ा मैं रह गया
ता'उम्र से चुप रह काफ़ी कुछ मैं कह गया

तिरा इश्क़ बरसा, सुकून कुछ मिला अब
मिरा रेत का आशियां मगर ढह गया

हिमाकत करें तो करें किस तरह हम
उसे देख गुस्सा किसी तिनके सा बह गया

ख़ता तो यही है कि अब क्या बताऊं 'मासूम'
कि तुझ तक मुड़े सारे गम भी मैं सह गया

कुछ नहीं करते

ना तो अफसोस और ना ही कोई ग़म, कुछ नहीं करते
अरे वो तो ज़रा कम करते हैं, हम कुछ नहीं करते

सुकूं पाना है मुझे, थोड़ी दवाएं चाहता हूं मैं
ये चारासाज़ तो हैं, मगर मरहम कुछ नहीं करते

ख़ुशनसीबी हमारी है कि तुम सब कर चुके हमसे
मगर कह दो कि इश्क़ के सिवा तुम कुछ नहीं करते

अभी तक मुझ पे उसकी लन-तरानी का असर है के
ज़माने भर से ताने आते तो हैं मगर ज़ख्म कुछ नहीं करते

शरारत ही सही 'मासूम' पर संभाल के करना
कि हम जारी रख़ा करते हैं खत्म कुछ नहीं करते

क्या है आख़िर

मेरे अंदर कहीं पे 'इश्क़ सा' कुछ, चल रहा है क्या
कहीं दूर आसमां को देख, दिन निक'अल रहा है क्या

तेरी सूरत बे-रब्त भी बहुत ही याद आती है
कभी सीने में तुम्हारे मेरा ये 'दिल', रहा है क्या

जिसको बुझाने के लिए, उम्र गुज़ारी है
अरे अब वो चरागे-ज़िंदगी, संभल रहा है क्या

बहुत ही 'शौक़' में बीता, तेरे दर्द का हर लम्हा
बता 'मासूम' तू अब भी किसी से जल रहा है क्या

(4)

यहीं कहीं पे था, किसे पूछूं कहां गुज़र गया
मिला नहीं वो हमसे और हमनवां गुज़र गया।।
सुना रहीं हैं आंधियां अजब-गजब सा वाकिया
कि आग तो उठती रही, फकत धुआं गुज़र गया।।
मलाल ज़िंदगी का था, किसी से कुछ कह न सके
निगाह के दरपेश ये सारा जहां गुज़र गया।।
न कोशिशें हुईं, न कोई हादसा हुआ कि
वो 'ज़मीं' सी थम गई मैं 'आसमां' गुज़र गया।।
शराब पी गई बहुत, ये गम ज़रा न कम हुये
गुमां रहा हमें कि अब ये महकमां गुज़र गया।।
सवाल था तेरे बगैर किस तरह हुई बसर
कि राएगां रहा मैं और राएगां गुज़र गया।।

Bhavesh Patel

Bhavesh is a new writer. He started writing from august of 2020. He lives in Chhattisgarh. He is a simple and innocent boy. He is a student. He loves writing and also loves singing...

इश्क

ये इश्क़ भी बड़ी कमबख्त होती है..
हर आशिक़ को रुला के ही छोड़ती है।

किसी के प्यार में मैं भी पागल हुआ करता था,
पर मुझे क्या पता था वो मुझे रुला के ही छोड़ेगी।

किसी की मुस्कुराहट देख मैं भी खुश हुआ करता था,
पर मुझे क्या पता था वो मुझे रुला के ही छोड़ेगी।

किसी के दर्द को मैं अपना समझ कर उसके दर्द में खो जाया करता था,
पर मुझे क्या पता था वो मुझे रुला के ही छोड़ेगी।

किसी को रोता हुआ देख मैं भी रोया करता था,
पर मुझे क्या पता था वो मुझे रुला के ही छोड़ेगी।

ये इश्क़ भी बड़ी कमबख्त होती है..
हर आशिक़ को रुला के ही छोड़ती है।

Sunil Gupta

ये सुनील गुप्ता जी है इनका मूल निवास अयोध्या उत्तर प्रदेश है ये इस समय नोएडा में रहते है और एक अकॉउंटेन्ट है इन्हें प्यार भरी कहानिया लिखने का शौक है और इन्हें कविता और गीत लिखना भी पसंद है ।ये ग्रेजुएट है ।

गोरी का रूप

चांद को हो रही है जलन, देखकर तेरा खिलता बदन
आज बहका है मेरा भी मन, देख कर तेरा खिलता बदन

नैना तेरे है काली मतवाली, तू तो लगती शराब की प्याली,
दिल पर खंजर मेरे चल जाता, देखकर तेरे कानों की बाली
फूल सी नाजुक तेरी कमर, दिल की धड़कन पर होता असर
चाल है तेरी नागिन के जैसी, सांसे रुक जाती यह देख कर
दिल ने कर दी बगावत है मुझसे, चाहिए मुझको यही सनम
आज बहका है मेरा भी मन, देख कर तेरा खिलता बदन

भीगे बालों के पानी के छींटे, ऐसा लगता है सावन है बरसा
गीले गालों पर ओश सी बूंदे, देख कर मैं पपीहे सा तरसा
पैरो में तेरे चादी की पायल, सुनकर उसकी छनक सो गया हूं
गिरती उठती तुम्हारी ये पलके उस में डूबा हूं और खो गया हूं
जाने कब से है प्यासे मेरे लब, अब तो मत न करो तुम सितम,
आज बहका है मेरा भी मन देख कर तेरा खिलता बदन

हो तरासी संगमरमर की मूरत,क्या कयामत है गोरी की सूरत
दिल मचलता उछलता है मेरा, इसको है यार तेरी जरूरत
आओ बाहो में तुमको मैं भर लू,कर दो पूरी मेरे दिल की ख्वाइस
है तड़फता जो मन मेरा तुम बिन, मत करो इश्क की आजमाइश
हूँ दीवाना तेरे हर अदा का, अब तो बन जाओ मेरी दुल्हन
आज बहका है मेरा भी मन देख कर तेरा खिलता बदन

यादे

अकेले में कभी जब भी तुम्हारी याद आती है,
मेरी आंखों से आंसु के समंदर साथ लाती है।
किसी दिन जब तुम्हारे याद को मैं याद करता हूँ
हंसना भी और रोना भी मैं दोनों साथ करता हूं।
मेरी किताब में तुम्हारी गुलाब की महक अब भी है।
तुम्हारे दिए तोहफे में उसकी चमक अब भी है।
तुम्हारी वो प्यारी मुस्कुराहट मेरे नजरो में महफूज है
तुम्हारे पायल की छनछन आज भी मेरा महबूब है।
कभी जब भी मुझे महसूस तुम्हारा साथ होता है।
मेरा रातो में सोना जागना एक साथ होता है
तुम्हारे साथ जो बीता वो लम्हा मुझको सताता है
तुम्हारे जिश्म की खुशबू मुझे मदहोश कर जाता है
तुम्हारे बाल जो उड़ उड़ कर मेरे चेहरे पर आते थे
वो उंगली की छुवन जो चेहरे से बालो को हटाते थे।
तुम्हारे पैर का वो तकिया मैं जिसपर लेट जाता था
मेरे बालो का वो सहलाना बहुत ही याद आता है
तुम्हारे दिल मे रहने की जो आदत पड़ गयी मुझको
मैं अक्सर घर भी अपना जाने कैसे भूल जाता हूँ
अभी जब दूर हो मुझसे बताऊ कैसे रहता हूँ।
तुम्हारी डी पी को अक्सर ही मैं ज़ूम करता हूँ
तुम्हारे भेजे कमेंटो को मैं फिर कई बार पढता हूँ
तुम्हारे लिखे गए लफ्जो से मैं बेहद प्यार करता हूँ
तुम्ही हो मेरे दिल की हर खुशी हर गम तुम्ही बस हो
तुम्ही पहली मुहब्बत हो, तुम्ही पहली हवश हो।
मैं अक्सर जब भी मेरी जान तुम्हे एहसास करता हूँ
तुम्ही से मैं लड़ाई और तुम्ही से प्यार करता हूँ
किसी दिन जब तुम्हारे याद को मैं याद करता हूँ
हंसना भी और रोना भी मैं दोनों साथ करता हूं।

तुम्हारे लिए

ये चेहरे की सोखी ये नजरो की हरकत ये दिल की उमंगे नजर आ रही है
ये साँसों की खुशबू ये बलखाती जुल्फे ये गालो की लाली मुझे भा रही है।
तुम्हे देख कर दिल मचलने लगा करलू जी भर के प्यार ये मन में जगी
ये ओठो की तड़फन ये छूने पर सिरहन ये पायल की छनछन कहर ढा रही है।

ये तिरछी नजर, ये पतली कमर ये धानी चुनर दिल को बहका रही है।
ये रिमझिम फुहारे, ये लहजे तुम्हारे, ये मौसम बहारे, गजब ढा रही है
तुम्हे देख कर मन फिसलने लगा भर लू बाहो में अपने तुम्हे ये सनम
हँस के नजरे झुकाना, यु तेरा मुस्कुराना अपनी पलके उठाना दिल को धड़का रही है।

तुमने दिल को चुराया, है पागल बनाया मुझे जो सताया अब तो दे दो सुकूँ
सांस में तू समाया, तुमको ख्वाबो में पाया, नजर में बसाया तू है मेरा जुनून
दिल तड़फता है हरपल तुम्हारे लिए कर दो पूरी जो हसरत है दिल मे मेरे
चाहे कर लो मुहब्बत या कोई शिकायत या करदो बगावत मैं सिर्फ तेरा हूं।

Baleshwar Jangde

Baleshwar Jangde is a new writer and he live in Bilaspur Chhattisgarh. He is a student.
He started his journey in writing on February 2019. Mostly his writings are based on the real things. He likes write poem and shayari Specially two liners. Some of his shayari and poems has been published in the books. He writes a lot of deep shayari. He always try to be a good writer.

(1)

दस्तूर-ए-मोहब्बत से वाकिफ़ ना थे हम
महज़ चंद लम्हों की अत्फ को इश्क़ समझ बैठे।

.

(2)

भर लूँ तुम्हें बाहों में अपनी बाकी ना कोई कसर हो हवा भी गुज़रने
की इज़ाज़त मांगे मेरी मोहब्बत में इतना असर हो।

(3)

ऐ इश्क़ की बारिस कभी उन पर भी बरस जाया कर
मेरे यार का दामन अभी भी सूखा है तेरे इंतज़ार में।

(4)

गुजारिश की भी कभी शाम हो कलियाँ भी कभी भवरों की गुलाम हो मिल जाए कभी धड़कनें हमारी भी मेरे लबों पर भी कभी तेरे होंठों का जाम हो

(5)

ऐ ख़ुदा! बस इतना रहम कर देना हो अगर मुमकिन तो एक दुआ पूरी कर देना आए ना आँसू उनकी हसीन आँखों में कभी चाहे तो हमारी एक खुशी कम कर देना

Prashant Srivastava

ये प्रशांत श्रीवास्तव शाहजहांपुर, उत्तर प्रदेश के रहने वाले हैं। वर्तमान में यह बरेली में एक फॉर्म कंपनी में कार्यरत हैं। इन्होंने स्नातक कर रखी है कविता पढ़ने व लिखने का बहुत शौक है क्रिकेट खेलना पंसद करते है काफी ..नए दोस्तो बनाने पंसद है घूमना का बड़ा पंसद करते है..!

(1)

जिस्म की चाहत में लोग अपने महबूब के पैरो को भी चुम लेते है..
और जब उसको पैरो में दर्द हो तो दबाने में फिर शरमाते क्यों
फिर..?
जरूरत ख़त्म तो मोहब्बत भी..?

(2)

स्त्री से सबंध बनाने की चाह रखते हो तो...
उसकी इज्ज़त और उसकी रूह को भी समझने की चाहत रखो..!!

(3)

"अरे सुनो इश्क़ कर रहे हो तो थोड़ा..
संभल कर दोस्त....
यहाँ गिरने के बाद संभलता कोई नहीं है ".!!

(4)

"जी तो चाहता है कि छोड़ दु ये दुनिया..   फिर मुझे वो अपनी माँ के 9 माह का संघर्ष याद आ जाता है"..!!

(5)

"जिनके लिए मैं रातभर जगता रहा , वो खुद सो गये थे.. मुझे करवटों में छोड़ कर"..!!

Nidhi Sharma

इनका नाम निधि शर्मा है ये बिलासपुर छत्तीसगढ़ की रहने वाली है इन्होंने 12वी की पढ़ाई पूरी कर ली है अब ये नर्सिंग की छात्र के रूप में अपनी आगे पढ़ाई पूरी कर रही है । इन्हें अलग अलग विषयों पर ग़ज़ल और शायरी लिखने का शौख है।V

(1)

इतनी सी उम्र में कुछ बेशकीमती चीज कमाया है मैंने,
जब भी लोगों ने हैसियत पूछी मेरी,
तुझे ही अपना दौलत बताया है मैंने...

(2)

मेरे गमो में मेरे हिस्सेदार सा लगता है,
कोई है जो मुझे मेरे कहानी का किरदार सा लगता है...
और
करे जब ये फिक्र मेरी तो पुरी दुनिया जीत लेती हूं,
कोई है जो मुझे मेरे पूरे सँसार सा लगता है...

(3)

बारिश हुई तो थोड़ी राहत सी मिली जनाब'
यूं, हर वक़्त आंखों में जलन का बहाना, करते थक से गये थे हम....

(4)

यूं कैसे छोड़ दु तुम्हे! कितनो की ख्वाहिश है, तुम्हे मेरा होते देखने की....

(5)

पलको ने बहुत समझाया मगर ये आंख नही मानी, दिन तो जैसे तैसे काट ली मगर ये रात नही मानी, और दिल गवाही दे रही थी की वो प्यार करते है हमसे मगर दिमाग ने लाख कोशिशों के बाद भी ये बात नही मानी...

Nidhi Nigam

Nidhi Nigam belongs to Uttarakhand, which is also known as "Dev Bhoomi". She has 6 members in her family. Her father is a Retired Lecturer and mother is an Home Maker.

On the surface, Nidhi Nigam is as the founder of Btosis Service Provider (Digital Marketing Platform), also Chairperson of Being Medicozz (A unit of Btosis) which is an initiative for bringing bright future for upcoming medical student. Before devoting her full-time to Btosis and Being Medicozz, Nidhi served as a senior consultant at Life Cell. By Academic Qualification, Nidhi is a Biotechnologist and have an good experience in Biotechnological Instrumentation. Nidhi loves to do most of things but above then all off things her passion for writing is absolutely true. She likes to writes poetry on occasion mostly.

Nidhi writes her poetries mostly in her Your Quote account and also posted in her Instagram page - Preety_the Preet.

तुझसे इश्क़ करने लगी हूं मैं

तेरी आदतों में ढलने लगी हूं मैं,
तेरे आगे सबको भूलने लगी हूं मैं,
घंटों तेरी एक आवाज़ का ओर एक पल के ,
दीदार का इंतज़ार करने लगी हूं मैं।
तेरी हर एक याद कोएबी ओर याद करने लगी हूं मैं,
तेरा दिल वहां धड़कता है धड़कन को यहां महसूस करती हूं,
तू सांस लेता है और जी मै पड़ती हूं,
मुझमें अब जीने लगा है तू ओर तुझमें बसने लगी हूं मै।
तेरी हर खुशी और दर्द को अपने जिस्म में महसूस करने लगी हूं मैं
तेरे इश्क़ का सरे आम इजहार करने लगी हूं मैं
लगता है तुझसे बेपनाह इश्क़ करने लगी हूं मैं ।।

बिन तेरे मेरा दीवानों सा हाल रहता हैं

तेरी यादों में मेरा कुछ यू हाल रहता हैं,
आंखों में तेरी तस्सवुर हर हाल रहता हैं।
आंखें बंद हो तो भी तू, खुली हो तो भी हर ,
गुफ्तगू का यही सवाल रहता हैं।
बिन तेरे मेरा दीवानों सा हाल रहता हैं,
ज़िन्दगी अधूरी लगती हैं बस एक ही जुनु,
अब सर पर सवार रहता हैं।
दीदार करती रहू तेरा रखू तुझे हरदम अपने ही साथ,
बस एक तू ही है जो मेरी हर दुआ में शुमार रहता हैं।
तेरी यादों में मेरा कुछ यू हाल रहता हैं,
बिन तेरे प्रीत मेरा दीवानों सा हाल रहता हैं।।

इंतेहा होने तक

इब्तिदा कुछ यू हो मेरे इश्क की इंतेहा होने तक,
हर शब मै लिपटी रहूं तुझसे सुबह होने तक।
तारुफ कुछ ओर ना हो मेरा एक तेरे सिवा,
यही ख्वाहिश है मेरी तेरा उन्मान होने तक।
मेरी गुज़ारिश है तुमसे की हाथ ताम को तुम,
की मेरे जिस्म से रूह के जुदा होने तक।
यूं तो इबादत लोग करते है वही जो रोज़ करते हैं,
मगर मेरे हर सजदे में सिर्फ तुम ही होते हो,
इबादत के खत्म होने तक,
इब्तिदा कुछ यू हो मेरे इश्क की इंतेहा होने तक ।।

Suman Kumari

Suman Kumari belongs to Jhunjhunu Rajasthan presently doing service in Rajasthan police at Jaipur, graduated in science, interested in writing inspirational, love, philosophy, osho, Radharani -Krishna, Sadhguru Ram_Sita poems.

(1)

ये चलती फिरती दुनिया बेजान सि क्यों लगती हैं!
आजकल उनकी तस्वीरों में मुझे जान सी क्यों लगती हैं!!
देखी थी बरसों पहले दीवार पर छपी एक छवि...
जीवन कि अंधेरी गलियों में मुझे वो महताब सी क्यों लगती हैं !!

(2)

मेरी बातें उन्हें बता दे, जाके कोई खबरी!!
राम तुम्हारी बाट निहारे, कलयुग की एक सबरी...
फूल नहीं बिछाये पथ पर, प्रीत के फूल खिलाये हैं!
बेर नहीं बटोरे वन के, मन के बैर मिटायें हैं!!!!

(3)

मौलिक गुणों के साथ समझौता मत किजिए!!
कहर हो या जहर पीना पड़े तो पिजिए!!
ये आंधियां निकल जायेगी...
धूल स्वतः झड़ जायेगी...
दिखेगी राहें मंजिल भी मिल जायेगी!!
देखने दो दुनिया को ये देखती रह जायेग !!

(4)

हर दर्द को मुस्करा कर बरदाश्त कर रहे हो... लगता हैं, तुम भी गाँव से आए हो!!

(5)

या तो हमें साजिशों के तौर-तरिके सिखायें जायें!! नहीं तो शरिफों के शहर अलग बसायें जायें!!

Deepak Pradhan

यह दीपक प्रधान जी हैं, इन्हें हर कोई प्यार से दीपक बाबू भी कहता है। यह मध्य प्रदेश के धार जिले के धामनोद नामक नगर में निवास करते हैं, यह वर्तमान में धार जिले के मनावर नगर में बैंक सहायक कर्मचारी के पद पर कार्यरत है। यह ग्रेजुवेट हे, इन्हें दर्द भरी,प्यार भरी,प्रोत्साहित करने वाली तमाम प्रकार की कहानियां एवं कविताएं लिखने का शौक है। यह बचपन से ही लेखन प्रतियोगिताओ में अव्वल दर्जे के लेखक हे।

(1)

बन जाये चाहे दुश्मन क्यों न जमाना हमारा,
मेरा एक दोस्त सदा साथ देता है हमारा,

दोस्त के लिए कुर्बान होता है जीवन मेरा सारा,
ए खुदा सलामत रहे सदा वो दोस्त हमारा,

हर मुश्किल में बनता है वो सहारा हमारा,
टुटे न कभी प्यारा दोस्ताना हमारा,

सच्ची दोस्ती वो वक्त हे हमारा,
जो सही वक्त पर साथ निभाता हमारा,

वक्त की हर परीक्षा हसते हुए पास करना मेरे दोस्ती की पहचान है,
दुनिया की किसी शौहरत की न उसे दरकार है,

सच्चा दोस्त रखने वाला संसार में में सबसे बड़ा धनवान हु।।

(2)

आंखों में अनेक ख़्वाब सजाये,
दिल में लेकर बैठा हु!

दिल उसकी यादे सजाये,
धक् धक् करता उसके नाम से!

पथ प्रगति पथ पर चलने दे,
दीपक सदा तू जलने दे!

प्रगति पथ में लाख काटे हे मेरे,
उन काटो पर चलने दे!

खुद में तुझको धैर्य है रखना,
पथ पर तुझको अकेले बढ़ना हे!

न तू कभी थका हे
न तू कभी झुका हे

जीवन भर तू निरंतर चला हे,
अपने होसलो को रख दीगर में तू बड़ा हे!

जीवन की लीला है ये प्यारी,
यही तो तेरी सब से अच्छी यारी हे!

इसी में लगती दुनिया न्यारी,
ओर तेरी दोस्ती दुनिया से न्यारी हे!

(3)

मेरी उम्र बीत गयी इंतजार में,
के मेरी उम्र बीत गयी इंतजार में,
फिर भी मुझे जिंदगी जीने का हुनर न आया!

मुझे ता उम्र था उस करिश्मे का इंतजार,
के मुझे ता उम्र था उस करिश्मे का इंतजार,
मुझे उस करिश्मे का आभास न हुआ!

सारी जिन्दगी ही मेने उसके लिए लूटा दी,
के सारी जिन्दगी ही मेने उसके लिए लूटा दी,
फिर भी वो रहनुमा मेरी गली नही आया!

सारी दुनिया की खाख छान ली मेने,
के सारी दुनिया की खाख छान ली मेने,
फिर भी मझे जीवन जीने का सलिखा नही आया!

आज भी मेरा इंतजार कायम हे...

(4)

अपनी मंजिल अपना आशिया, ख़ामोस मगर दिलो का रसिया!
रफ़्तार कछवे की रखता, हार क्या हे ख़्वाब में नही रखता!
मुरीद हे दुनिया उसकी, जित ली जिसने किस्मत खुद्की!
मैदान को जो झुका गया, रफ़्तार क्या हे मैदानों को दिखा गया!

(5)

तुम्हारी खामोसी की वजा क्या हे, महोब्बत गुनाह हे या वजा क्या हे,
तुम्हारे नजरो की खामोसी बया करती हे इजहार-ए-दास्ताँ दिखती हे।
तुम मोहताज नही किसी बे गैरत प्यार करते वो निभाने आते हे।

Yogesh Chawla

Hello World,
This is Yogesh : Developer by profession feeding on codes for bread simultaneously craving for good vibes to enhance personal development. Scribble thoughts by choice and writes poems by passion. For him, Poems are not just lines but a medium to expression, a form to spread happiness. And happiest on two wheels.

(1)

एक अरसे से एक ख्वाब मुकम्मल करने की कोशिश में जुटा हु,
जितना ऊपर उठा उससे ज्यादा नीचे गिरा हु,
पर हासिल जरूर होगा वह आसमान जिसका वह ख्वाब है,
ख्वाब भी बंद आंखों से नही खुली आँखों से देखा है,
खुली आंख के ख्वाब भी बड़े अजीब से होते है,
हासिल न करो तो जीने में एक कमी सी छोड़ जाते है |

(2)

सफर आसान तो नही था, पर मुड़कर पीछे वापस जाना भी नही था,
चल दिये फिर आगे सिर उठा कर |
मुस्कराना आदत सी बन गयी, जब जिंदगी उस मोड़ पर यूह थम सी गयी
सैलाब भी उठा था, उसको थमाना भी था, क्या करें चल दिये फिर आगे सिर उठा कर |
मोड़ कुछ यूह था कि, ज़िन्दगी जीना चुने याह निभाना, जीना चुन तो लिया, क्या करें, चल दिये फिर आगे सिर उठा कर

(3)

काश के कभी यूह हो जाये,
इश्क़-ऐ-खुदा मेरा तू हो जाये,
काश के कभी यूह हो जाये,
संग-ऐ-मर-मर जैसा यह तुम्हारा दिल,
काश के यह हम पर आ जाये,

कितना आसान है यह काश कहना,
कितना मुश्किल है इस काश का सच रहना,

पास तो तू था,
पर काश तेरा एहसास भी साथ होता,
जीना कितना आसान होता,
काश अगर जो तू सिर्फ मेरा होता

(4)

तुम्हारे हर गम को अपना बनाना चाहता हूं,
तुम्हारी हर आह की सिसकी बनना चाहता हूं,
चाहता हूं के भर लूं में तुम्हे अपने सपनो में,
ये जो तुम्हारी आंखें है,
में उन ही में एक सपना बनना चाहता हूं,
में इतना चाहता हूं,
किसी दिन उन आशियानों में हम मिले,
जिनके ख्वाब कभी देखा करते थे,
में तुम्हारा देखा हुआ हर एक सपना साकार करना चाहता हूं ।

Ananya Bhardwaj (Anshu)

अंशु उर्फ अनन्या भारद्वाज की शायरी मे ना सिर्फ शब्दों की तुकबंदी होती है बल्कि एक भावना छिपी होती है ऐसा लगता है मानो अपने शब्दों के मोती को भावनाओं के धागों में डालकर शायरी की माला पिरोती है

(1)

कुछ दिन महीने साल नही पूरी ज़िंदगी उसे चाह सको
तो इश्क़ करना
उसे खुश करने के नही कुछ नहीं उसकी खुशी के लिए सब कुछ लूटा सको
तो इश्क करना
सिर्फ उसको अपने दिल में बसा सको तो नहीं
खुद को उस के दिल में ला सको
तो इश्क़ करना।। खुद को उसकी आँखों में नहीं अपने आंखों मैं उसे दिख सको
तो इश्क करना
उसका ज़िक्र होने पर तम्हारे गाल लाल हो जाये तब नहीं तम्हारी धड़कन तेज हो जाये
तो इश्क करना
उस के खुशी मैं तम्हे खुशी नहीं उसके दर्द में तम्हारी पलके भीग जाए

तो इश्क करना
जब आंख बंद करो तो वो दिखाई दे तब नहीं जब उसको याद करो तो उसके साथ होने का एहसास हो
तो इश्क करना।।

(2)

तेरे जाने से ज्यादा कुछ बदला नहीं है बस इस लबो ने मुस्कुरा छोड़ दिया है

तेरे जाने से ज्यादा कुछ बदला नहीं है बस इस ज़िन्दगी ने किसी उम्मीद करना छोड़ दिया है

तेरे जाने से ज्यादा कुछ बदला नहीं है बस इस पलको ने ख्बाब साजना
छोड़ दिया है
तेरे जाने से ज्यादा कुछ बदला नहीं है बस खुद पे गुरुर करना छोड़ दिया है
तेरे जाने से ज्यादा कुछ बदला नहीं है बस हर आहट पे भागना छोड़ दिया है
तेरे जाने से ज्यादा कुछ बदला नहीं है बस बरसात की पहली बारिश में भीगना छोड़ दिया है।।

(3)

फ़सानो को जरा हँस कर
सुनाना आ गया हमको
बदलते दौर में बातें
बनाना आ गया हमको
आँख भीगी है तो
क्या
अब ऐसे भी मुस्कुराना आ गया हमको
बे मतलब की बातें क्या करना
अब बातों को छुपाना आ गया हमको
एक छोटी सी कमी है सीने में मेरे माना
उस कमबख्त दिल को समझाना आ गया हमको
पहले बात बात पे खुद से नाराज हो जाता थे
अब तो खुद से खुद को मनाना आ गया हमको
तन्हा है तो क्या अब तो तन्हाई के साथ जिना आगया
हमको।।

(4)

जिंदगी कभी आसान नहीं होती इसे आसान बनाना पड़ता है
कभी अपने बीते हुए कल को भुलाना पड़ता है
कभी अपने आज को अपनाना पड़ता है
कभी अपनी इच्छाओं को दबाना पड़ता है
कभी अपनी ख्वाहिश को अपने दिल में ही दफनाना पड़ता है....

(5)

भरोसे के कुल्हड़ में यकीन की मिठास को विश्वास की पत्ती के साथ
हर पल खूब खैलाते है!
याद रखना दोस्ती की चाय हम सबसे बेहतरीन बनाते हैं!!

Prabhat Singh

Prabhat Singh resides in Satna, Madhya Pradesh. He is pursuing Master's in English literature. He is simple person but a talented personality. He loves to write about life and love. I think you all should not miss a single work of his amazing writings.

(1)

ठानी थी कभी मोहब्बत नहीं करने की
पर एक दिन आपका दीदार कर बैठे |
रोका था दिल को कि नहीं कहेंगे कुछ
पर आचनक एक दिन इज़हार कर बैठे |
पता था हमारा मिलना मंजूर नहीं खुदा को
फिर भी सारी ज़िन्दगी आपके नाम कर बैठे ||

(2)

क्या दूँ सबूत मैं तुझे अपनी बेइन्तहा मुहब्बत का
अब तो मेरी कलम भी सिर्फ तेरे लिए इश्क़ लिखती है |
अगर फिर भी न हो यकीन तो जाके देख मेरा बिस्तर
आज भी तेरी तस्वीर को मैने अपने सिरहाने दबा रखी है||

(3)

घंटो मुझे खुद के सामने सवरता देख शीशा भी मुझसे रूठ गया |
अब उसे क्या पता आज मिलने भी तो हमे चाँद से जाना है ||

(4)

उनके चले जाने के बाद सिर्फ इतना बदला हूँ
मैं पहले मैं उनसे मोहब्बत किया करता था
अब सिर्फ उनके लिए मोहब्बत लिखता हूँ |

(5)

पहले ज़िन्दगी हमारी यूँ दौड़ती रेल थी
आपके आने के बाद कुछ ठहर सी गई
अचानक मिली जब आपसे नजरे हमारी
इन आँखों के समंदर में कश्ती हमारी डूब सी गई
बहुत रोका खुद के दिल को दिल्लगी करने से
पर न जाने क्या दिल की लगाम हाथों से छूट सी गई
बस गई है आपकी खूबसूरत तस्वीर दिल पे हमारे
आपको हर दिन देखने की अब आदत सी हो गई
कर दी है जो इस नादान दिल ने खता अनजाने में
अब तो जीने के लिए हमे आपकी लत सी लग गई ||

Nupur Sharma

ये है नूपुर शर्मा ।यें दिल्ली की रहने वाली है। इन्होंनें हिन्दी साहित्य में एम. ए.किया है साथ मनोविज्ञान का अध्ययन भी किया है। कला साहित्य गद्य-पद्य,वाद्य संगीत (सितार) नृत्य और किताबों में इनकी विशेष रूचि रही हैं। इनकी कविताओं और कहानियों में एक दरख़्त के भांति सभी तरह के रंगों और फूलों का संयोजन है।जीवन और अपनी जड़ो से जुड़े हर भाव को ये शब्दों में बखूबी पिरोना जानती है।

इबादत

तू है इबादत ए खुदा में,
मैं रूका यार में...
तू मुझे बुरा कहें!
तू तलाशता खुदा को,
ये तेरी तलाश है...
मुझे मिल गया है यार,
तू इसे गुनाह कहें!
तू याद करता पाँच बार,
मैं भूला नहीं एक बार...
तू मुझे बेवफा कहें!
तू ढूंढता फलक में,
मैंने छुपाया पलक में....
तू मुझे झूठा कहें!
तू अल्लाह हूँ कहे,
ये बंदगी तेरी,
मैं कहूँ या महबूब....
तू इसे तौहिन ए खुदा कहें!
तुझे चाह जन्नत ए पाक की है,
तो,मुझे मुहब्बत ए यार की...
क्यूँ खुद को पाक मुझे ना पाक कहें!
मुझे इंकार नहीं तेरे खुदा से,
ना नाराजगी है कोई...
मुझे मिल गया है यार,
अब खुदा कौन तलाश करें!!

Asmita Soni

अस्मिता सोनी जी एक बेहतरीन रचनाकार हैं, जो बहुत ही बेहतरीन अपने दिल के भावों को रचनाओं में व्यक्त करती हैं।
उनकी रचनाएं आमतौर पर टूटे दिल की व्यथा पर होती है पर अस्मिता जी जीवन के और भावों को भी बड़ी सरलता से व्यक्त करती हैं।

(1)

काले गोरे के भेद में कट रही है
एक नन्ही जान का जीवन ,,
कुछ रंग रूप के मालिकों ने ले लिया है ,,
समाज में भेदभाव बनाए रखने का ठेका ,,
जिस नन्ही जान ने सभी रंग पहचाने भी नहीं ,,
वो बस अपने रंग की अस्तित्व में है ,,

(2)

भटक रही है कैसे उड़ पाएगी वो ऊंची उड़ान ,,
जब हर मोड़ पर उसे नीचा दिखाएगा ये जहान ,,
मत ले इतना बोझ अपने सर पर तू ,,
कहीं टूट ना जाए तेरे रंग का ये गुमान ,,
गोरे रूप का क्या करोगे तुम ,,

(3)

वो बस होती है सजावट की समान ,,
और उसे होता है अपने रूप का गुमान ,,
रूप तो वो कहलाता है सुनहरा जिसके अंदर, बसती हो ज्ञान और विनम्रता कि देवी।।।।।

Nitesh Rawal

ये नितेश रावल, मध्यप्रदेश के इंदौर में निवासरत हैं। वर्तमान में यह इंदौर की एक संस्था में शिक्षक के रूप कार्यरत हैं। इन्होंने वाणिज्य शाखा से परास्नातक किया हैं। इनकी रचना में आम आदमी,महिला और मजबूर बच्चों का वर्णन देखने को मिलता है।इनकी कलम की श्याही से दर्द छलकता है।इन्हें ग़ज़ल लिखने का बहुत शौक हैं।

(1)

छुपाओं न ख़ुद को ज़माने कि ख़ातिर
मिलों तुम कभी दिल लगाने की ख़ातिर

छुपाकर रखों बूंद तुम मोतियों की
बहाओं न आंसू ख़ज़ाने कि ख़ातिर

तेरे नाम की लत लगी है मुझें तो
कि आ प्यार अपना लुटाने कि ख़ातिर

किया इश्क़ है ग़र भरोसा रखों तुम
ना आओ कभी आज़माने कि ख़ातिर

बुरा कुछ नहीं जो मिले गम जहां में
जियों ज़िंदगी गम भुलाने कि ख़ातिर

परेशानियां है बहुत ज़िंदगी में "नितेश"
जियों ज़िन्दगी मुस्कुराने कि ख़ातिर

(2)

छोड़कर साथ वो दूर जाने लगे
वो गुनाहगार हमको बताने लगे

रास आई न उसको शराफ़त मेरी
वो सितमगर हमें अब बनाने लगे

सौंप दी थी जिसे जान अपनी कभी
भूल कर वो हमें अब सताने लगें

मिल रहा है सुकूँ ग़ैर के साथ में
ग़ैर को ज़िन्दगी में बसाने लगे

हौसला ज़िंदगी का जिसे था दिया
मौत बनकर हमें वो मिटाने लगे

(3)

मिरी ज़िन्दगी की सजावट तुम्हीं हो
लबों पे हसी मुस्कुराहट तुम्ही हो

मुझें याद करके दुआ मांग लो तुम
दुआओं कि मेरी लिखावट तुम्हीं हो

बसी है तिरी शक़्ल मेरे जहन में
तसव्वुर की मेरी बनावट तुम्हीं हो

उभर आ गई चेहरे पर उदासी
मिरे चेहरे की थकावट तुम्हीं हो

लबों से निकलकर दिलों तक पहुंचे
उसी गीत की गुनगुनाहट तुम्हीं हो

(4)

सफ़र में मिले वो किनारा नही हैं
अभी वो हमारा सहारा नहीं हैं

मिले जो कभी थाम लूं हाथ तेरा
बिछड़ना मुझे यूँ गवारा नहीं हैं

मिला लो किसी शख़्स से तुम लकीरें
तिरी जान पर हक़ हमारा नहीं हैं

बुरा हाल कर के निकाला गया हूँ
मिरा हद में रहना गवारा नहीं हैं

मिला दो मिरी रूह को ख़ाक में तुम
अनायास जिसनें पुकारा नहीं हैं

Anil Singh Tomar

अनिल सिंह तोमर ने B. Tech (Mech. Engg) और M.Tech (Prod.Engg) से किया।
कई प्रकार की निजी नौकरियों को छोड़ने के बाद बच्चों के शिक्षण कार्य में लगे हुए हैं। उनके लिखने की प्रक्रिया का उदगम् क़रीब 10 वर्ष पूर्व ही हुआ। जिसमें उनके द्वारा वास्तविकताओं को समाज के सामने प्रस्तुत करना ही उनका परम् ध्येय है। आज उनके द्वारा शायरी, कहानी और कविताओं के द्वारा अपनी लेखनी में धार लगाने की प्रक्रिया निरंतर जारी है।

नौसिखिए

हमने ज़िन्दगी में कुछ, ज़्यादा ही की मक्कारी।
हमने ज़िन्दगी की, सारी जीती बाजी हारीं।

इतनी भी तारीफ़ के, क़ाबिल नहीं तुम्हारी।
नौसिखिए हैं हम, सीख रहे कुछ कलाकारी।

मिले फ़िर कभी तुमसे तो दिखाएंगे फ़नकारी।
सामने बैठकर लूटा देना सारी बेशुमारी।

बाकीं रह गई है अभी कुछ ख़ुद्दारी।
अभी सीख रहे है तुमसे मिलने की अदाकारी।

इतनी भी तारीफ़ के, क़ाबिल नहीं तुम्हारी।
नौसिखिए हैं हम, सीख रहे कुछ कलाकारी।

राह के राही

हम उस राह से गुज़र जाते हैं।
जिस राह से लोग मुड़ जाते हैं।
फ़र्क इतना है कि
लोग समय के साथ बेअसर हो जाते हैं।
हम अपना असर वर्षों तक छोड़ जाते हैं।
ऊब गए ज़माने से अब हम।
लिखने लगे प्यार-मोहब्बत की शायरी अब हम।
समझने समझाने का नहीं बचा जमाना।
दिखने और दिखाने में बीत रहा हमारा याराना।
अक़्सर तन्हाईयाँ ख़ुद से गुफ़्तगू करने के लिए होतीं हैं मुफ़ीद।
तभी हम समझ सकते हैं कि ज़िन्दगी से हमने क्या-क्या पाई रसीद।
सोचा नहीं था, कभी हम यूँ मुकम्मल होंगे।
आप हमारी ज़िन्दगी में यूँ शामिल होंगे।

ख़्वाब की उंगली पकड़कर तू मुझे ले चल, नींद के आगोश में।
बस इतनी इल्तिज़ा रखना, न खो दूँ खुद को, होकर बेहोश में।

ख़याल

ख़यालों को हम बेख़्याल नहीं करते।
उनको हम हलाल नहीं करते।

उनके जाने का हम मलाल भी नहीं करते।
आ जातें हैं दिल-ओ-दिमाग़ में।
तो अदब से हम उनका इस्तकबाल करते।

तजुर्बा-ए-ज़िन्दगी को हम लिखते।
हर सफ़ में खुद को ही हम पढ़ते।

जज़्बात समझने में ख़याल काम आते हैं।
सुबह ख़ाली निकलते है,
शाम ख़याल को साथ लाते हैं।

ख़याल से ख़याल के अज़ीब से हैं रिश्ते।
जो बना देते हैं, किसी न किसी मंजिल के रास्ते।

खयालातों का भी अज़ीब सा दौर है, ज़माने में।
एक को इज्ज़त दो, तो दूसरा बेइज्जत हो जाता आशियाने में।

लफ़्ज़ों से बनते हैं ख़याल।
ख़याल का भी रखना पड़ता ख़्याल।
कब कौन सा ख़याल बुरा मान जाए।
मैं नहीं करता किसी ख़याल से सवाल।

आशियाना

आशियाने बदल जाते हैं, शामियाने नए लग जाते हैं।
जो संभल जाते हैं अक़्सर वही ज़िन्दगी में चल पाते है।

वो परिंदे कभी लौट कर वापिस नहीं आते।
जिन्हें तलाश बेहतर आशियाने की होती।

कहने को बहुत कुछ कहते हैं लोग।
अक़्सर लोग इंसान को समझ नहीं पाते।

सच्चे इंसान भीड़ में भेड़ बनकर नहीं रहते।
वो अपने दम पर नए रास्ते खुद बनाते।

आशियाने बदल जाते हैं, शामियाने नए लग जाते हैं।
जो संभल जाते हैं अक़्सर वही ज़िन्दगी में चल पाते है।

Surbhi Bairagi

Surbhi resides in Indore, Madhya Pradesh .
She is 26 y/o .She is dedicated and industrious. She is a published writer and a poet .She loves to write on motivational and love quotes . She also writes on the realities of life . Her interest in writing was developed from the very early age . Hope you like some of the extractions from her writings.

(1)

इश्क़ का एहसास बड़ा उतावला होता है दोस्त,
खुद को बार बार आईने मे पिरो के रखने का जी करता है।
मखमली सा अन्दाज़ उसका ,
खफा हो जाए तो ये दिल और भी दीवाना उसका।
गुरुर बहुत था उसे अपनी हठखेलियों पर,
वो ये भी ना जानता था सारी उम्र लिख दी अपनी उसकी हथेली पर।
सुकून भरा ज़रुर होता है वो समां,
जब साथ वो मेरे हर पल होता है,
जी चाहे बस निहारती रहूँ ताउम्र ,
पर उसे खोने का डर दिल को झन्झोड़ के रख देता है।
सब्र खूब किया एक बार मिलू उससे,
पर मैं ना जानता था वो डरता था इस दिल से।
रोम रोम उसे ही अर्पण किया था,
सवेरा ना होने का वादा किया था ,
पर अन्डाई ने ऐसी आह भरी,
की वो अन्धेरे मे ही छोड़ कर जा चुका था।
इश्क़ का उसूल ही ये है ए -दोस्त,
साथ रहने का वादा तो करते है,
पर निभाने मे उम्र गुज़र जाती है ।
इश्क़ का दुसरा नाम ही कुर्बानी है ,
मजबुरी मे दिल को सहलाना ही अब सबकी नई कहानी है।
तड़प दिल की उसी को पाने को कहती है,
संगमरमर की दीवारों सी उम्मीदे मुख का रूख बदल देती है।
ना रिश्ता रास आता है, ना दवा ,
जब जुबाँ पे उसके अपने लिये ना सनने मे आता है।

(2)

दर्द को बयां करने का एक ही तरीका दिल को छू जाता है,
कलम की लिखावटो को कोरे पन्नो मे जब उकेरा जाता है ।
उनसे दिल जो लगा बेठे,
हम अपनी हसरते भी गँवा बेठे,
तमन्ना थी ज़िंदगी गुजारे उनके संग,
पर वो थे की जुदाई को ही अपनी मजबुरी बना बेठे।
आज भी जब उसकी यादों का साया स्पर्श करता है,
आँख भर आती है, बातें करने को जी मचलाता है।
हज़ारों मिन्नते की आखिरी बार बात करे,
नाजाने फिर भी ज़िल्लते ही वो हमे ही उधार दे गए।
इश्क़ का नशा जब चढ़ता है,
खुद को बहुत भाग्यशाली समझने लगता है।
जैसे ही बेवफाई का चेहरा सामने आता है,
निराशा को अपनी तक़्दीर समझ कर सारा दिन सोने मे गुज़ार देता है।
रातों की निंद , दिन का चैन खो सा जाता है,
जब दिल को किसी की राह तकने का मौका मिलता है।
खूब सन्जोए सपने उसको लेकर,
पर वक़्त ने बिखेर दिये हर सपने बेनूर होकर।
दिल भी क्या गज़ब की चिज़ बनाई है,
सारी मोह माया इसी मे तो समाई है।
सिलसिले तो अभी भी उलझे ही हुए है,
शायद सुलझ गए तो रिश्ते भी मुकम्मल ना हुए है।
नज़्म उसके थे , शिक्वे हमारे,
रैना बीत गई, और फिर भी हम सिमट ना पाए रे।

(3)

प्यार को तक़रार मे कभी ना बदल ,
उसका तिनका भी तुझे फिर जड़ने की हिदायत ना दे इस पहल।

अक्सर गलत इन्सान से ही प्यार होता है,
क्यूँकी ऊपरवाला भी हम मे बहुत से हीरे को तराशता है।

हर इश्क़ की इबादत को कबूल होने का मौका मिल जाए,
हर ज़र्रे को रूह से मिलाने की ताक़त होजाए,
पास आ जाए हर वो शख्स जिसे भी वो पाना चाहे,
हर सच्चे प्यार की ताक़त को ना कोई हरा पाए।

इश्क़ हमे बहुत सी चीज़े सिखा जाता है,
ज़ख्मों को भरने के सलिके भी बता जाता है,
दर्दों का बोझ लेकर भी जीना सिखा जाता है।

मन नही भरता उससे बात करते करते ,
सांसे नही थकती उसका ज़िक्र करते करते,
ये इश्क़ का मायाजाल है प्यारे,
हर शख्स मे अपने प्यार की तस्वीर को ही देखा करते ।

त्याग बहुत किया उसके लिये,
ओरों को भी दूर किया उसके लिये,
दिन रात उसकी राह तकी मिलने के लिये,
और वो हमे छोड़ गया बस यूँ ही तड़पने के लिये।

खुद की काबिलयत को भी नकारा उसके सामने,
उसे पलकों पे बिठाया अपने सामने,
हर नज़ाकत को सारांखों पर रखा अपने,
फिर भी कद्र ना की उसने हमारी गैरों के सामने।

कुछ ज़िद्दी हम भी थे, कुछ जिद्दी वो भी थे ,
हमने तो हार मान भी ली थी उनके सामने ,
पर वही इस इश्क़ के जस्बात को ना समझ सके दुनिया के सामने ।

मिल कर चाहती थी मन की भड़ास निकालूं,
पर मुँह ना खोलती थी कहीं तुम्हे दुखी ना कर डालूं ।

फूल बगियन मे खिल रहा था,
मन उसको देख के मुस्कुरा रहा था,
उसका यूँ पलट कर आना मुमकिन नही लग रहा था,
खैर ज़ाहिर भी था क्यूँकी रात दिन उसी को तो पलकों मे रखा करता था।

Suryansh Dwivedi

सूर्यान्श द्विवेदी कुशीनगर, उत्तर प्रदेश के रहने वाले हैं।वर्तमान में अध्ययनरत हैं।गोरखपुर विश्वविद्यालय से सूर्यान्श विधि स्नातक हैं... ग़ज़ल,शायरी,कविता,कहानी,व्यंग,लेख लिखना एवं साहित्य साधना इनका शौक है।

(1)

वह मृगनयनी चंचल बाला,
मेरे मन को वह भाती है।
मुस्काती है,इतराती है,
दिल मे वह घर कर जाती है।

वह हरिप्रिया जब आती है,
सारी खुशियां भर जाती है,
हर क्षण को सुखद बनाती है,
मेरे मन मे बस जाती है,

उसकी आहट जब होती,
दिल की धड़कन थम जाती है,
उसके एक पावन दर्शन को,
मेरी आँखें बिछ जाती हैं,

वह सदा मेरी मुस्कान बने,
वह मेरी ही अरमान बने,
मैं उसका मोहन बन जाऊं
वह राधा मेरी महान बने।

(2)

हरि दर्शन को नैना प्यासी...
हरि रूठे हरि हार मैं जाऊं...
कैसे मैं अपने श्याम को मनाऊं...
आठो पहर हरि गुण गाउ...
मनमोहन का ध्यान लगाऊं...

श्याम बसे गोकुल गलियन में...
अब मैं श्याम कहाँ से लाऊं...
जग विसराऊ हरि को ध्याऊँ...
मैं अपने हरि बिन रह न पाऊं...

मेरा केशव गिरधर नागर...
वह गोपियन संग रास रचाए...
मैं जब ध्याऊँ अपने श्याम को...
मेरा श्याम मुझसे इतराए...

अब तो आस लगी नैनन को...
दर्शन कहीं से श्याम का पाऊं...
श्याम की हूँ मैं,श्याम की रहूँ मैं...
अपने घनश्याम की हो जाऊं...

(3)

गर तुमसे मोहब्बत हो ही गयी
तो कसूर क्या था?
तेरी ख्वाबो की इन टेढ़ी मेढ़ी गलियों में खो ही गया
तो कसूर क्या था?
वक़्त की कलम इंतजार की स्याही से
हाथों की लकीरों मे तुम्हे खींच ही लिया
तो कसूर क्या था?
ज़िन्दगी के कुछ कदम तेरे साथ चल लिया तो कसूर क्या था?
तुम्हारे मोहब्बत पर ऐतबार करके तुमसे मोहब्बत कर ही लिया तो कसूर क्या था?
मैंने कहा था कोई नही मेरा तुम्हारे सिवा तो मेरा कसूर क्या था?
ख़ुश हो तुम आज अपनी दुनिया में पर ये भी बता दो मेरा कसूर क्या था?
तुम्हारे लिए खुद को बदला मैंने पर मेरा कसूर क्या था?
कुछ पल अंधेरों से निकालकर ख़ुशी दिया तुमने पर बोलो मेरा कसूर क्या था?

(4)

बहुत याद आता है...
तेरा मेरी नज़रो से नज़रे मिलाना...
मेरे कंधे पर तेरा सिर टिकाना...
मेरी गीतों पर गुनगुनाना...
मेरी बातों पर मुस्कुराना...
बहुत याद आता है...
तेरा रूठना मेरा मनाना...
तेरा दूर जाना मेरा पास आना...
मेरा गिरना तेरा संभालना...
मेरा हँसना तेरा खिलखिलाना...
बहुत याद आता है...
मेरी मंज़िल तेरा सफ़र...
घाट पर वो शाम का पहर...
नाव से उस पार जाना...
तेरा मुझको गले लगाना...
बहुत याद आता है...

Utkarsh Chaubey

P.t उत्कर्ष चौबे ग्राम पोस्ट कटेया जिला गोपालगंज (बिहार) के मूल निवासी हैं इन्होंने अपना अध्ययन काशी हिन्दू विश्वविद्यालय(B H U) स्नातक की उपाधि प्राप्त की हैं और सिद्धार्थ विश्वविद्यालय से शिक्षा शास्त्री में संलग्न हैं इन्होनें अपनीं लेखनी से ग़ज़ल शायरी श्रृंगार रस की अद्भुत कविताये लिखी हैं

शहर तेरा

तेरें शहर की गलियों में जब मेरें कदम पड़ें
बहारों ने हाथों में भरकर फूलों को बरसाया...!

लगा ऐसे की सारें जहाँ की ख़ुशी मिल गयी
जब तुमनें गिरतें मुसाफ़िर को गलें से लगाया...!

बैठ तेरें शहर के किनारें अपनीं कहानियां लिखीं
तेरें शहर के कागज़ पर, तेरी हँसती तस्वीर दिखीं ...!

ख़ामोश थे हर्फ़ ख़त के, कुछ लिख ना पाया
बहारों ने हाथों में भरकर फूलों को बरसाया...!

दिल के उपवन में रोज़ लग जातें तेरें बातों की मेला
शाम तेरें ही शहर में बैठ, कई गुजारें हैं ख़ुशनुमा बेला

सोचता हूँ कि चला जाऊं छोड़कर इस तेरें शहर को
हर चौराहों गलियों को देखकर याद आ दिल दुखाया...!

बहारों ने हाथों में भरकर फूलों को बरसाया...!
तेरे शहर की गलियों में जब मेरें कदम पड़ें...

प्रेम ग़ज़ल ....(श्रृंगार रस)

घर की खिड़की से ऐसे ना देखों मुझें ,मेरा मन का मचलना शुरू हो गया !
जिन हवाओं का डर था सदा से मुझें ,उन हवाओं का चलना शुरू हो गया !
घर की खिड़की से ऐसे ना देखो मुझें.......

रात को मेरें सपनों में आकर के तुम,
पकड़ कर उंगलिया दबातीं हो क्यों !
खोया रहता हूं अपनें इरादों में जब,
आकर पायल की घुघुंरु बजाती हो क्यों !
प्रेम की गीत से दिल धड़कनें लगा ,तेरा सपनों का पलना शुरू हो गया !
घर की खिड़की से ऐसे ना देखों मुझें, मेरा मन का मचलना शुरू हो गया !
जिन हवाओं का डर था सदा से मुझें ....

मेरा ज़िगर हैं मन्द पवन की तरह,
आंधियो की ना आंधी उठाया करो !
प्यार में होतें वादें बड़े ही बड़ें ,
वादियों की ना बांधी बनाया करों !
रोक कर मन को अपने मैं जाता जिधर, तेरी यादों का खलना शुरू हो गया !...
घर की खिड़की से ऐसे ना देखों मुझें , मेरा मन का मचलना शुरू हो गया !
जिन हवाओं का डर था सदा से मुझे.......

प्रेम ग़ज़ल...(श्रृंगार रस)

आओं एक बार घर के तऱफ तुम कभी, क्या पता फ़ीर ए बंधन मिलें ना मिलें !
पास आ बैठ जी भर के देखूं तुम्हें ,क्या पता फ़ीर ए दर्शन मिलें ना मिलें !
आओं एक बार घर के तऱफ तुम कभी... जब मैं देखा तुम्हें तो ऐसा लगा, मानों सारें जहाँ की ख़ुशी मिल गयी !
दिल के बागों में मुरझाये थे फूल जो, उन फूलो में फिर से कली खिल गयी !
आओं फ़ुलो की होली खेलें एक संग ,क्या पता फ़िर ए उपवन मिलें ना मिलें !
पास आ बैठ जी भर के देखूं तुम्हें, क्या पता फ़ीर ये दर्शन मिलें ना मिलें !
आओं एक बार घर के तरफ़ तुम कभी .... बारिशों की बूंदे जब भींगो देती मुझें ढांपकर आँचल से बचा लेती थी !
टूटा रहता था दिल मेरा कितना कभी आकर सपनों में तुम तो सजा देती थी !
राधा बनकर के एक बार मिलों ना कभी, क्या पता फ़िर ए मोहन मिलें ना मिलें !
पास आ बैठ जी भर के देखूं तुम्हे, क्या पता फीर ए दर्शन मिलें ना मिलें !
आओं एक बार घर के तरफ तुम कभी....

गजल... (श्रृंगार रस)

आँख काज़ल का लेकर चलें आईये ,पावन सा कर दो मन ए मेरा !
पास आकर के बैठों ना बाहों में तुम ,सावन सा कर दो तन ए मेरा !
आँख काज़ल लेकर चलें आईये........ दिल के सपनों के घर जब तुम्हारें हुए, तो ऐसे शरमाने से क्या फ़ायदा !
चांद सा रूप को हम ना देखें तुम्हें,
फ़िर ए काज़ल लगाने से क्या फ़ायदा !
धड़ धड़ाते दिलों से ए आती हैं आह, आकर प्रेम से भर दो जीवन ए मेरा !
आँख काज़ल का लेकर चलें आईये,पावन सा कर दो मन ए मेरा !
ढूंढता मेरा मन देखने को तुम्हें
लेकर अपनों में मुझकों समा लीजिये !
दिल लगानें से डर लगता कहीं,
छोड़िए दिल को एक बार मना लीजिये ! जुगनुओं थोड़ा कह दो आ सकें मेरें घर, रोशनी से भर दो घर ए मेरा !
आँख काज़ल का लेकर चलें आइये,पावन सा कर दो तन ए मेरा !
पास आकर के बैठो ना बाहों में तुम, सावन सा कर दो तन ए मेरा.!
आँख काज़ल का लेकर चलें ......

Jayraj Bariya

छोटी सी उम्र में घाट घाट के पानी पीने वाले इन लेखक का नाम हैं "जयराज" परिवार में छोटे होने के बावजूद यह सबके चहिते और जिम्मेदार इंसान हैं, उनके विचारों के कहि सारे लोग दीवाने हैं, रँगीन मिजाज के दिखने वाले यह लेखक पिछले 6 सालो से गुजरात पुलिस में अपना फ़र्ज ईमानदारी और निष्ठां से निभाकर जनता की सेवा कर रहे हैं, पुलिस जैसी ज़िमेदार नोकरी के साथ परिवार को संभालते हुए भी जब भी थोड़ा वक़्त मिलता हैं ये उन वक़्त का उपयोग करके अपनी लेखन शैली को एक रूप देते हैं, जो भी लिखते हैं उसमें सच्चाई और हकीकत भरी होती हैं, छोटी छोटी बातों को लोग अच्छे से समझे यही उनका मकसद रहेता हैं, सबसे अच्छी बात उनमे ये हैं कि उनका मानना हैं कि वो ख़ुद को सिखाने के लिए लेखन करतें हैं किन्तु सच यही हैं कि उनकी लेखन की गई बातों में बहौत गहराई होती हैं हम उमीद करेगे की यूँही जयराज जी लिखते रहे और हमे उनको पढ़ने का मौका मिलता रहे..

(1)

तो क्या हुआ अगर वो साथ नहीं मेरे
कुछ लम्हें उनके साथ के
आज भी मेरे पास हैं
वो क्या जाने महोब्बत किसे कहते हैं
दिल के मकान में जगह उनके लिए
आज भी मेरे पास हैं
जो सुख गए मिलन के झरने
मत समझना भूल गए यादों का समंदर
आज भी मेरे पास हैं
आती होंगी बारिस मौसम के हिसाब से
आँखों मे नमी का तूफ़ान हरदम
आज भी मेरे पास हैं
बंध हो गए मयख़ाने तो क्या हुआ
जो लबों वाले जाम हैं वो
आज भी मेरे पास हैं
क़भी गिर जाओ उस आसमान से तो फ़िकर न करना
ख़ुद के संग तुम्हें संभाल सकु उतनी जमी
आज भी मेरे पास हैं
हो गई हैं गलियां सन्नाटे
कानों में उसकी गूँज
आज भी मेरे पास हैं
ठीक सामने बैठा हैं समंदर मेरे
पर वो एक बूँद की प्यास
आज भी मेरे पास हैं

आती नहीं हैं नींद रातो में अब
जो अधूरे रहे गए हैं सपने मेरे वो
आज भी मेरे पास हैं

सुबह की किरणें छीन सी गई हैं
बाकी बचीं जो ओस है वो
आज भी मेरे पास हैं
गुम हैं हम किसी रेगिस्तान में
बस वो मृगजल समा आभास
आज भी मेरे पास हैं
हरियाली सी चारों और हैं
संभाल के रखें कुछ सूखे पते
आज भी मेरे पास हैं
दे रहीं हैं दुनियां ज़ख़्म पे ज़ख़्म हमे
पर ख़ुश रहेने की एक वज़ह
आज भी मेरे पास हैं
टूट जाते हम तो कब्के तेरे इंतज़ार में
पर कसमे जो दी थी आपने वो
आज भी मेरे पास हैं
लुटता हैं जमाना हमे हर बात पे
देकर जो गए हो ख़जाना वो
आज भी मेरे पास है
कर लेते होंगे लोग महोब्बत में बेपारी
दिए हो जो लम्हें उसकी उधारी
आज भी मेरे पास हैं

कुछ कहे बिना ही चल दिए आप
जो पूरी न हो शकी वो बात
आज भी मेरे पास हैं

करलो न जितने शितम हो सके
हर बीमारी का इजाल
आज भी मेरे पास है

ख़रीद सकती हो तो ख़रीद ले महोब्बत दुनिया
जो कमाया हैं सारा मुनाफ़ा वो
आज भी मेरे पास हैं

छिड़के का नमक ज़माना जख्मों पे मेरे
उन्हें क्या पता इश्क का मरहम
आज भी मेरे पास हैं

एक जन्म में कहा पूरी होती हैं महोब्बत
सदियों का हिसाब
आज भी मेरे पास है

गुमनाम हो गए हो जमाने मे आप तो क्या हुआ
छुपा के जो रखें हैं खतों के काफ़िले वो
आज भी मेरे पास हैं

घर मे गुज़रती हवा पूछती हैं आपका पता
आपके हर पते का पिन कोड
आज भी मेरे पास हैं

नाहक़ का अभिमान हैं उस चाँद को
उसका एक टुकड़ा तो
आज भी मेरे पास हैं

टूट जाए जब सारे अरमान तो लौट आना
मंज़िल तक जो जाए वो रास्ता
आज भी मेरे पास हैं

बिखर जाए जब ख़्वाब सारे तो बताना
सुकून जो दे जाए वो रात

आज भी मेरे पास हैं

टूटते हुए सितारों से मत पूछना दर्द क्या हैं
टूटे हुए दिल का एक टुकड़ा
आज भी मेरे पास हैं

जिंदगी ये तेरा कैसे खेल हैं जो मेरा था
वो मिला नहीं बाकी सबकुछ
आज भी मेरे पास हैं

ढूँठा उसे हर गली मेने नाम मिला कब्रिस्तान में
वो जिंदगी देने वाले वो पल
आज भी मेरे पास हैं

बस वो नहीं हैं हक़ीक़त में अब
बाकी तो सारा जहाँ
आज भी मेरे पास हैं

Madhu Singh

Her name is Madhu Singh .she love to write motivational, inspirational,and emotional quotes. She started writing in March 2020 and very soon she became a part of flairs and glairs as a co-author in the face of flairs and glairs she gets a bit success in lit age .
She is hard-working and determined girl who never give up in any situation and she also make others motivate .she is a simple girl who love to talk and help and care about others .
Most of the people called her an innocent girl .
She loves to enjoy and captured each and every moment of her life .

वो लड़की

दूर खड़ी मुस्कुराती है ,
पर सामने नहीं आती हैं।

पास जाओ तो नज़रे झुकती है ,
पर कुछ बोल नहीं पाती है।

कुछ कहो तो सहम जाती है,
पर दिल की बात नहीं बताती है ।

वो लड़की मुझे बेहद चाहती है ,
पर न जाने क्यों दिल की बात दिल में ही कह जाती है ।

अपने लफ़्ज़ों तक वो बात दिल की आने नहीं देती और नज़रों को वो मिलाना नहीं चाहती ।

शायद डर है उसे कहीं उसके दिल की बात उसकी आंखे न कह डाले।

इजाजत

इजाजत मिले तो एक बात कह जाऊ। तमाम तकलीफे तमाम दर्द
मैं यूहीं सह जाऊँ, जो तेरी गोद मे सर रख मैं इस कदर सो जाऊँ,
आँखे खुले तो तुम्ही को समाने पाऊ...

तेरे नाम

तुम यूँ बदल जाते हो जेसे मौसम बदल रहा हो,,
आँखो मे प्यार और जुबां पर तेरे नाम हर शाम तेरे नाम के साथ मेरे चेहरे पर मुस्कान ले आता हैं ,,
शाम होते ही तेरे आने का पैगाम सुनाई देता है,,
मेरा दिल तो सिर्फ तेरा ही नाम लेता है,,
फिर "दिन हो या रात "
बस तू ही तू दिखाई देता है,,
अब तू ही मंजिल तू ही किनारा है ।
तेरे साथ ही मुझको कदम बढ़ाना है।
जो भूल जाऊ खुद को अब इतना तुझे चाहना है ।

मोहब्बत

क्या खूब हैं ये किस्मत,
मिलाने से पहले बताती भी नही है,
की बिछड़ना भी पड़ सकता है, यार !
मुस्किलो से लड़ना भी पड़ सकता है,
लाख आये काटें तो उन पर चलना भी पड़ सकता है,
मोहब्बत में मिला हर दर्द हँसकर सहना भी पड़ सकता है ।

Ankit Kumar Singh

Ankit is new writer and he lives in Bihar.
He is metaphysical type person .
He has started his journey in writing on 2019. He likes write's poem and shayari. He is a student. He always try to good writer.

इश्क़

दीदार है, ये इश्क़
क़र्जदार है, ये इश्क़
ख्वा़हिशों से भरा एक समुंदर हैं, ये इश्क़
ज़ज्बाती है, ये इश्क़
किस्सों से भरा एक किताब है, ये इश्क़
दर्दो से भरा एक सैलाब है, ये इश्क़
ना जाने कितने आ़शिकों का कर्जदार है, ये इश्क़
ना जाने कितने आ़शिकों का गुनाहगार है, ये इश्क़
तन्हाइयों से भरा रातें हैं, ये इश्क़
सर्द रातों में गर्माहट की एहसास है, ये इश्क़
सपनों का अरमान हैं, ये इश्क़
पृथ्वी पर जन्नत का दीदार है, ये इश्क़
धुनों का नग़मा है, ये इश्क़
मुलाका़तों का यादगार तोहफ़ा है, ये इश्क़
आ़शिकों का खुशियों का राज़ है, ये इश्क़
अंधेरों में रोशनी का उम्मीद है, ये इश्क़
अधूरी मोहब्बत का दास्तान हैं, ये इश्क़
दो रूहों की सुकून है, ये इश्क़
चाहतों की एहसान है, ये इश्क़
एक ब़ेनाम रिश्ता का नाम है, ये इश्क़
सब्र का इम्तिहान हैं, ये इश्क़
मुक़म्मल हो अगर तो क़यामत है, ये इश्क़

मुसीबत

मुसीबत आती है जाती है,
जीवन जीने का सलीका सिखलाती है।

रोज़ नई चुनौतियों से अवगत कराती है,
जीवन की डोर को बतलाती हैं।

कटिलें पथों पर अपना परिचय करवाती है,
जीवन जीने का सही मतलब बतलाती है।

कायरों को अक्सर दहलाती है,
बलवानों से रोज़ टकराती है।

योद्धा

जो हुए नहीं कभी शत्रुओं से भयभीत,
चाहे रणभूमि में लड़ते - लड़ते हार मिले या जीत,
जिसका कर्म होता है सदा युद्ध,
जिसका धर्म होता है सदा धर्म युद्ध,
जो करता है दुश्मनों के खून से तिलक,
जो कभी नहीं करता कायरता से जीत,
सदा करता है वीरता से जीत,
जिसके एक हुंकार से शत्रु हो जाते हैं भयभीत,
जिसके चलने से ग्रह - नक्षत्र बदल लेती है अपनी चाल,
जिसके तेजस्व को देखकर भय भी हो जाए भयभीत,
जो असुरों के लिए लेते हैं कल्कि का अवतार,
और करते हैं असुरों का नरसंहार,
जो करते हैं महाकाल का श्रृंगार,
दिखते हैं रूप महाकाल

Shikhar Pathak

Shikhar Pathak from Awadh, who in his life believes in spreading Kindness and Laughter in the city , has grown up being in close influence of Emotions and now pen both love and separation in his own unique way to leave his readers mesmerized and amazed.

तो बेहतर है।

अब की बार अगर मिले भूले से न रस्ता बतलाना
ये राही नहीं आवारा है जो खो जाये तो बेहतर है

गर्दिश की अब आदत है कुछ और नयापन दिखलाओ कहते हैं होने
वाली है; क़यामत हो जाये तो बेहतर है

जाना है तो जाने दो क्यूँ बातें चार बनाते हो
उसको भी मालूम न हो और वो जाये तो बेहतर है

आधी आधी रातों में चौपाल लगाकर बैठे हैं
बेमतलब के ख्वाब सयाने, सो जायें तो बेहतर है

वो दिन।

वो दिन आएगा जब तेरी मेरी इक बारी फिर से बात होगी,
यहीं कोई दस-पंद्रह मिनट,
फिर तुम कहीं और मैं कहीं और व्यस्त हो जाऊंगा,
शायद कृष्ण को यही मंजूर है,
तुम्हारी याद जब कभी आती थी
पहले पुराने रिकॉर्डिंग सुन लेता था
लेकिन अब वो भी डिलीट हो चुकी है,
तुम्हारी सिर्फ एक फोटो ही साथ है,
साथ है तो असंख्य स्मृति जो तुम्हारी मेरी कहानी दोहराती है,
असल मे जब तुम पर लिखने आता हूँ
तब कभी काल्पनिक प्रेम के स्वांग नहीं होते,
दिल सब बयां करता है,
ये उलझन में भी सुलझी हुई बातें करता है,
इसे तुम्हारे जाने का गम नहीं होता बल्कि तुम्हारे इश्क़ की खुशी होती है,
तुम्हारा ख़्वाब जो तुम जरूरतमंदो के लिए होना चाहती थी,
डॉक्टर बनने का और एनजीओ चलाने का नेक ख़्वाब जो तुम पूरा करना चाहती थी,वो सलामत रहे,पूर्ण हो..!

तुम जानती हो मैं कितना बदला था और अब कितना बदल गया हूं,जो समझ पाया वो तुमसे है,हर वक्त तुम्हारा प्रेम मुझमे सवार था और जब तक अंत मे नहीं हो जाता,नहीं बिसर पाऊंगा...!
जिंदगी भर के लिए सलाम,शब्बा खैर रहेगा...!

पूरक प्रेम

सुनिये ना!
आप बिल्कुल ही Physics के नियमों की तरह हैं, जैसे ही हमें लगता हैं कि हमने आपको समझ लिया;
तभी एक नया सिद्धांत उठ खड़ा होता है और हमें अपना ब्रह्मांड फिर से निर्धारित करना पड़ता हैं
पर शायद इसीलिए हमारा प्रेम भी physics की तरह निरंतर और युगांतर तक है!

हम भी इस निरंतरता से परे नहीं हैं।
आगे बढ़ते हुए हम एक ऐसे दौर से भी गुजरेंगे ,जब आपके बाल सफ़ेद हो जाएंगे और हमारे चेहरे पर झुर्रियाँ होंगी।
हमारी माँसपेशियाँ शिथिल पड़ जाएंगी ।
पर ये प्रेम जरा भी कमज़ोर नहीं होगा। युगांतर जो है!
इतनी उम्र बीत जाने के बाद भी शायद हम
आपकी ग़ोल रोटियों की तरह परफेक्ट ना हो पाएं और शायद आप भी हमारी रचनाओं की तरह अपूर्ण रहें !
संभव है, हम आपकी हाथों की लिखावट की तरह सटीक ना हो पाएं और आप भी हमारी बनाई हुई सब्ज़ी में आलू की तरह अधपके रह जाओ !

Ganpat Gehlot

इनका नाम गणपत गहलोत है।ये पावटा गांव, आहोर तहसील जिला जालौर राजस्थान के रहने वाले है। वर्तमान में यह अहमदाबाद में कोचिंग सेंटर में वह पढ़ाते हैं उनका सबसे अच्छा विषय है हिंदी, अच्छी सी कविता सुनाते हैं और अध्ययन भी कराते हैं, इन्हे प्रेरणादायक कविता और ग़ज़ल, देश भक्ति गीत, एवं अध्ययन लिखने का बहुत शौक है,

आजकल ज़िंदगी का भरोसा नहीं…

उसको शिकवा है उसको समझा नहीं,
उसके बारे में मैंने तो सोचा नहीं।

क़र्ज़ के वास्ते देश भी बेच दो,
तुमने तारीख़ से कुछ भी सीखा नहीं।

आईना तोड़कर आप धोखे में हैं,
अपने चेहरे के दाग़ों को देखा नहीं।

ज़िंदगी तल्ख़ियों से बचा लीजिये,
आजकल ज़िंदगी का भरोसा नहीं।

सच्चाइयों का छलनी बदन देख रहा हूं..
जलता हुआ मैं अपना वतन देख रहा हूं,
माली के हाथ लुटता चमन देख रहा हूं।

फ़ौलादी सीना चाहिये सच बोलने को आज,
सच्चाइयों का छलनी बदन देख रहा हूं।

उसने प्यार भरके नज़र मुझपे डाल दी,
दिनभर की दूर होती थकन देख रहा हूं।

जब से किसी ग़रीब के मैं काम आ रहा,
कम होती अपने दिल की चुभन देख रहा हूं।।

नये पत्ते डाल पर आने लगे

नये पत्ते डाल पर आने लगे ।
फिर परिंदे लौटकर गाने लगे ।।

जो अंधेरे की तरह डसते रहे ।
अब उजाले की कसम खाने लगे ।।

चंद मुर्दे बैठकर श्मशान में ।
जिंदगी का अर्थ समझाने लगे ।।

उनकी ऐनक टूटकर नीचे गिरी ।
दूर तक के लोग पहिचाने लगे ।।

जब सियासत का नया नक्शा बना ।
थे जो अंधे लोग चिल्लाने लगे ।।

आईनों की साफ गोई देखकर ।
सामने जानें से कतराने लगे ।।

जब सच्चाई निर्वसन होने लगी ।
लोग उसको वस्त्र पहनाने लगे ।।

भारत मेरा काबुल नहीं बग़दाद नहीं है..

खुदग़र्जियां तो है मगर जेहाद नहीं है,
सब भूल गये हम हमें कुछ याद नहीं है।

बेमेल मुहब्बत का नतीजा ही तो ग़म है,
शीरीं तो हैं कई मगर फ़रहाद नहीं है।

नेपाल है प्यारा हमें लंका भी पसंद है,
भारत मेरा काबुल नहीं बग़दाद नहीं है।

हम में से कोई कुछ हो मुहाजिर तो नहीं है,
दिलवाली दिल्ली है इस्लामाबाद नहीं है।

अपनी बनाई जेल में तू भी तो जा के देख,
सेवक ही तो है देश का दामाद नहीं है ।

उनको तो छेड़ने की भी क़ीमत अदा हुयी,
हम क़त्ल भी हुए तो इमदाद नहीं है।

बर्बाद था बर्बाद है बर्बाद ही रहेगा,
वो शख़्स जिसको इल्मे अजदाद नहीं है।

बेटा ना सही बेटी भी है आंख का तारा,
जा पूछ जिसके घर औलाद नहीं है।

वतन महफ़ूज़ रखना है हमें खुद भी फ़ना होकर

मिटटी में रहना है खुशी से या ख़फ़ा होकर, कहां हम जायेंगे बतलाइये तुमसे जुदा होकर।
ये है वक़्ती सभी नज़दीकियां धोखा ना खा जाना, हमारे वोट मांगेंगे ये सब हम पर फ़िदा होकर।
तुम्हारी भूल को हम 6 दिसंबर याद रक्खेंगे, हज़ारों साल लिपटेंगी तुम्हें अब ये बला होकर।
विरासत क़र्ज़ की हिस्से में मेरे क्यों आई, किसी दिन आप से पूछेगा ये बच्चा बड़ा होकर।
दिया क्या है हमें तुमने बड़ा आसान है कहना, समझता है हर एक बेटा ये सच्चाई पिता होकर।
ज़ेहन रखना खुला गर सेहन में दीवार हो जाये, कभी शर्मिंदगी होगी नहीं भाई सगा होकर।
ग़ज़ल जो इश्क़ के पैकर से बाहर आ जाये, तुम्हारे शेर गंजेंगे ग़रीबों की सदा होकर।
हमारी देशभकित का कोई भी इम्तहां ले ले, वतन महफ़ूज़ रखना है हमें खुद भी फ़ना

Mahaveer Prasad Behera

महावीर प्रसाद बेहेरा ओडिशा के कटक जिले के एक छोटे से गांव से आते हैं। वो अभी २३ साल के हैं और commerce में अपना स्नातकोत्तर पुरा कर चुके हैं। वो बहत ही साधारण पारिवारिक पृष्ठभूमि से आते हैं। पढ़ाई के अलावा कविताएं लिखना, सेरो सायरी करना उन्हें अच्छा लगता है। महावीर जी एक प्रकाशित कबि या लेखक नहीं हैं मगर वो एक प्रतिभावान सायर है। उनकी चीजों को अलग तरीके से देखने का गुण उन्हें इस दौर के सायरों से अलग बनाती है। उनकी भावनाओं को अल्फाजो में बदलने की ताकत उन्हें बेहद खास बनता है।

(1)

तेरा मेरा साथ छोड़ने का लम्हा बड़ा मुश्किल था मगर गुजर तो गया,
तुझे खो कर जैसे खुद को खो चुका हूं मगर अब हारने का डर तो गया।
और वो अलग बात थी कि तुमने हमसे कभी इश्क नहीं किया,
चलो छोड़ो इसी बहाने से तुमसे दोस्ती तो हुआ ।।

(2)

तुम्हारी तुम जानो तुम्हें कभी पास ए वफा था कि न था,
मगर मैं तो तुमसे वेमतलब बेइंतहा प्यार करता रहा।
और मंजिल को पाने की राह में हमने खुद को खो दिया एक दिन,
पर उम्र भर तेरे लिए खुद को पासवान की तरह फना करता रहा।।

(3)

अब इस तरहा तबाह हुआ कि तबाही दिखी नहीं,
अश्क ऐसे निकलते हैं आंखों से जैसे अब कुछ रहा नहीं।
अगर फिर कभी गुज़रा तेरी उन गलियों से वीर,
तेरे मकान को ऐसे देखुंगा जैसे वहां कुछ था ही नहीं।।

(4)

दो घड़ी के लिए ही सही जरा रुक जा तु,
जी भर कर जरा तुम्हें देख तो लूं।
और चला जाउंगा नजरों से दूर तेरे हमेशा के लिए,
पहले इन आंखों में तेरी यादें भर तो लुं।।

(5)

कैसा इश्क था ये जो दो पल में ही टूट गया,
जो कहना था वो कह चुका पर कुछ अनकहा सा रह गया।
अब कोई फर्क नहीं पड़ता किसी के होने या न होने से,
कभी एक दिल था जो वो अब पत्थर सा हो गया।।

Pankaj Thakur

He Pankaj Thakur, basically from Hamirpur, Himachal Pradesh. He is currently living in Delhi. He writes to about love, romance, life or social issues.

(1)

दिल उलझा जो तुझसे, ज़िन्दगी सुलझने लगी
बेरूखी थी जो, अब संवरने लगी
तुझे पाकर मानो जन्नत पा लिया,
इस तरह से लौ ईश्क कि जलने लगी
दूर हूं तुझसे फिर भी कितने करीब आ गए
बिन कहे सब समझने लगें
दिल उलझा जो तुझसे, ज़िन्दगी सुलझने लगी।

भटके थे पहले, अब संभलने लगे
थम सी गई थी जो ज़िन्दगी, अब फिर चलने लगी
तु ही वज़ह है, हम मुस्कुरा जो रहे हैं,
तुझे पाकर हर गम भुला जो रहे हैं
दिल उलझा जो तुझसे, ज़िन्दगी सुलझने लगी।

(2)

कुछ यूं भी मैं चुप रह जाता हूं,
जो किस्सा अपना सुनाऊं तो तमाशा लोग बनाते हैं
बात दिल कि बताऊं तो, अनचाहा ज्ञान दे जाते हैं
नाम में बनाऊं तो, बदनामी के गीत गाते हैं ।
कुछ यूं भी मैं चुप रह जाता हूं,
कि आग ही तो लोग लगाते हैं
गर टूटा हो दिल तो महफ़िल में बेठाते हैं
बात इश्क की करुं तो सनसनी उसे बनाते हैं
अगर तरक्की मैं करूं तो लोग जल जाते हैं
कुछ यूं भी मैं चुप रह जाता हूं
कि मेरे दर्द में भी लोग बस अपना गीत गाते हैं।

(3)

लोगों की बस्ती है, इंसान लापता है
मंदिर में पूजते जिसे, वो भगवान भी खफा है
कितने पाप के घड़े भरे, अब पश्ताप मुनासिब कहां है
माया का जंजाल है, रिश्तों कि कदर कहां है
इंसान ही प्रकृति का विनाशक है, अब किसी को फीक्र कहां है
यहां लोगों कि बस्ती में बस इंसान लापता है
पेसौं के मोह में जला कर राख कर रहे ज़हां
पर इस मोह के धुंए में किसी को दिखता कहां है
सब अपने में व्यस्त हैं, किसी को किसी से मतलब कहां है
क्युंकि लोगों की बस्ती है, पर इंसान लापता है।

(4)

मैं हर शाम नशे में होता हूं तेरी यादों को समेटे हुए,
तन्हा अकेला गमगिन हुआ बस बातें तेरी करता हूं ।

कभी तड़फ आंखों को नम कर जाती हैं कभी हंजू बिती कहानी सुनाती हैं
कभी रुह जल जाती है, तुझे बांहों में किसी और की देख कर।

आग सीने में लग जाती हैं की जान निकल जाती है,
पर मैं नशे में होता हूं, तेरी यादों को समेटे हुए।

Tarun Agarwal

इनका नाम तरुण कुमार पुत्र श्री राजेन्द्र प्रसाद अग्रवाल है ये राजस्थान राज्य के सिरोही जिले की रेवदर तहसील के रहने वाले है, ये वर्तमान समय में एक फाईनेंस कम्पनी मे कलस्टर मैनेजर के पद पर कार्यरत है, इन्हें अपनी कलम की लेखनी से लिखने की रुची बचपन से है और ये अपने रिक्त समय मे कविताएं,शायरी व गजले लिखते रहते है, और ऐसा करने से इनके मन को बहूत सुकून मिलता है

बेटियाँ श्राप नही!

कहते हैं बेटियाँ लक्ष्मी का रूप होती हैं,
फिर क्यो उसी गर्भ में उसकी हत्या होती है,

अरे....
अभी तो हाथो में किस्मत की लकीरे भी नही बनी,
पऱ दुनिया वालो ने उसकी तकदीर लिख ली होती हे,
क्या किसी की बेटी होना इतना बडा गुणाह है,
जो उसकी तकदीर में मौत-ए-सजा लिखी होती है,

अरे....
असली गुनहकार कौन है, पुछो अपने दिल से,
जिस कोख में हुई है हत्या,वो भी किसी की बेटी होती है,
बेटी कोई श्राप नही, बेटी तो हर आंगन की रोशनी होती है,
अगर बेटे हे कुल का दिप, तो बेटियाँ बाती होती हे,

अरे....
ना समझ दुनिया वालो, समझ लो मेरी बातो को,
एक कुल की नही, दो-दो कुलो की शान बेटीयाँ होती है,
यही बेटियाँ किसी की बहन तो, किसी की माँ होती है,
किसी की पत्नी तो, किसी की सास होती हैं,

अरे....
सुनलो नसीब को दोष देने वालो, नसीब तो उनके होते है
जिनके भाग्य मे बेटियाँ लिखी होती हैं,
अगर राधा नही होती, तो कृष्ण कैसे रासलीला रचाते,
बिना मीरा के कैसे दिवानगी के पाठ पढ़ाए जाते,

अरे....

क्यो भुल जाते हो उस लता,कल्पना,साक्षी,और मल्लेश्वरी को,
क्योंकि किसी-किसी के हाथो की लकीरो में बेटियाँ होती है,
इनको मारो मत ओर ना ही इनको तेजाब से जलाओ,
क्योंकि इनके कोख से ही हमारी तकदीरे लिखी होती है,

गजल टुट चुके दिल के लिए

हमने दिल क्या दिया किसी को, वो खिलौना समझ बेठे,
हमारी इस दिवानगी को वो पागल समझ बेठे,
मोहतरमा ये दिल था हमारा, कोई खिलौना नही,
जो इसे तोडकर आप, खिलौनो का बाजार समझ बेठे,

अरे दिवानगी थी इस कदर हम पर , की हम उन्हें अपना समझ बेठे,
अरे पागल ही थे हम, जो उन्हे अपना दिल दे बेठे,
सही कहते थे ये दुनिया वाले, कि प्यार मत करना कभी किसी से,
मगर हम ही मदीरा छोड उन्हें अपना नशा समझ बेठे,

अरे वो ही नीकले बेगाने, जिसे हम अपनी किसमत समझ बेठे,
उनके गीरते हुए अश्कों को अपना दर्द समझ बेठे,
अरे हमे नही ता मालुम, की वो किसमत नही बदकिस्मती थी हमारी,
जो हम उन्हे अपना आयना समझ बेठे,

मोहब्बत थी एकतरफा, पर हम उन्हे अपना प्यार समझ बेठे,
इस धरा को आंगन, खुले आसमान को छत समझ बेठे,
उन्हे अपनी जिन्दगी का आशियाना समझ बेठे
और जो देखे थे ख्वाब हमने, एक दुजे की निगाहो में,
उन निगाहो को हम अपनी तस्वीर समझ बेठे,

लेकिन अब दिल ने भी धडकना छोड़ दीया है
जब से उन्होंने इस दिल को तोड दिया है,
अब मोहब्बत नही होगी किसी से, ये वादा हे मेरा,
क्योकी दिल ने भी अब मुस्कुराना छोड दिया हे,

अब हर रात होगी नशीली, उनकी यादो में,
अब मदीरे से हो गई है मोहब्बत मुझे, अब उनसे रिश्ता तोड दिया है,

क्योंकि अब मेने उनका नशा छोड दिया है, मेने अब जीना छोड दिया है,
बडा अजीब किस्सा हे जिन्दगी तेरा,
उस गरीब की झोली में भी, तो हिस्सा हे तेरा,
इतनी मतलबी क्यो हो तुम, जरा बताओ हमें,
फिर क्यो रोटी को तरसता है वो बन्धा तेरा,

जब आती हे मुसीबत, तो वो पहले मरता है,
मानो सुबह की रोशनी में भी चन्द्रग्रहण सा लगता है,
वो भटकता रहता हे, दो वक्त की रोटी पाने को,
ताने भी सहता हे अपने पेट की भुख मीटाने को,
अब तो मानो जैसे गरीब होना भी गुनाह सा लगता है,

दुख तो बहुत जताते हे उस गरीब के गरीबी का,
मगर कोई आँसू पोछने वाला नही दिखता,
अरे हालात जिन्दगी को बेहाल बना देते है,
इसलिए इंसान भी इंसानियत की कद्र भुल जाते हैं,

मगर दुख तो इस बात का होता है,
जो गरीबों के अरमानों खिलौना समझ खेल जाते हे
जब चन्द लोग अपने मुहँ मीया मिठु बन जाते हे,
मानो वो उसकी मदद नही उस पर एहसान कर रहे हो,
तभी तो वो उन्हें लाचार समझकर अपना प्रचार करते है,

अरे मुर्खो,
अगर किसी के घावो पर मलम नही लगा सको तो नमक मत लगाओ,
और ऐसी परिस्थिति में किसी भी गरीब का मजाक मत बनाओ,

Akanksha Chand

ये आकांक्षा चांद रांची, झारखंड की रहने वाली हैं। वर्तमान में यह एक व्यापार महिला होने के साथ साथ एक कंपनी में क्वॉलिटी ऑफिसर एवं MIS Executive के पद पर कार्यरत है।इन्होंने अर्थशास्त्र विषय में स्नातक स्तर की पढ़ाई की है। इन्हें अलग अलग विषयों पर शायरी लिखना बहुत पसंद है।

(1)

कुछ ख्वाहिशें अधूरी ही अच्छी होती है,
कुछ सपने अधूरे ही अच्छे लगते है,
मुकम्मल हो जाती है ज़िन्दगी जब
चाहने वाले सच्चे मिलते है।।

(2)

दिल तोड़ने की सज़ा क्या दूं तुम्हे,
हमें भूलने की सज़ा क्या दूं तुम्हें,
जा माफ़ किया तुझे आे बेवफ़ा,
अपनी मौत की सज़ा भी दूं तो क्या दूं तुम्हें।।

(3)

मोहब्बत की सच्चाई जान कर,
प्यार की गहराई में डूब कर,
ओ मेरे साथी बस इतना जाना है,
एक तू ही मेरा अपना है,
अब तू ही मेरा सपना है।।

(4)

उससे बिछड़ के ऐसा लगा, उम्मीदों के दिए का कोई वजूद ना रहा, इश्क़ अधूरा रह गया हमारा, इस बात का उन्हें ज़रा भी मलाल ना रहा..... देखते रह गए हम राह उनकी, और वो थे की उन्हें हमारा खयाल तक ना

SHAH Aafak

शाह आफाक एक सामान्य नागरिक हे जो गुजरात के एक शहर सुरत में रहते है
उन्हे शेरो शायरी ओर तकनीकी चीजों में बहुत दिलचस्पी हे ओर उन्हे घूमना ओर नए नए मित्र बनाना व खाने में नए नए व्यंजन को टेस्ट करना बहुत पसंद है

मुझे प्यार हो रहा था...

उठा था 1 दिन बेखबर आज होने क्या वाला था
शायद उस दिन खुलने वाला मेरी किस्मत का ताला था

तू भी उस दिन थोड़ा से ज्यादा सज धज के निकली थी
किसको पता था इस फूल को मिलने वाली एक तितली थी

कुछ अलग था उस दिन की हवा में कुछ ऐसा एहसास हो रहा था
हां उसी दिन से शायद मुझे प्यार हो रहा था

फिर देखा तेरा गम भरा मेसेज ग्रुप में हमने
फिर तुझको समझने को दिल बेकरार हो रहा था

नाम बता कर जब तूने केसे हो कहकर पुकरा था
इस दिल ने तेरा नाम एक पल में सौ बार दोहराया था

मन था तुझसे दिन रात बारे करू सब राज दिल के तुझसे कह दूं इतना
पहली नजर में मुझे तुझ पर ऐतबार हो रहा था
हां उस दिन शायद मुझे तुझसे प्यार हो रहा था

धीरे-धीरे फिर तेरे से बातें होने लगी थी रातों का ठिकाना न था
खिड़की के बाहर देखता तो शहर होने लगी थी

तेरा दिन कैसे गुजरा ये तू बताया करती थी हा हा सो सो क्यूट बोलकर तो फ्लर्ट कर जाया करती थी

तुझसे बात करना मेरी आदत और इस आदत का में गुलाम हो रहा था

हां शायद उस दिन मुझसे तुझसे प्यार हो रहा था

फिर एक दिन खुदा ऐसा लाया था जिस दिन मैंने तुझे अपना हाल-ए-दिल बताया था में घर में नाचने लग गया था अडोश पड़ोस मे लड्डू बांटने लग गया था

यह सब देखकर मेरे दोस्त परेशान थे क्योंकि कहीं और अटकी मेरी जान थी

शुरू होने को एक नई दास्तान थी

क्योंकि कोई अब तू मेरे दिल का हकदार हो रहा था।

दीदार दीदार में तू मेरा दिलदार हो रहा था

मान लो मेरा इश्क तेरे लिए मुफ्त का बाजार हो रहा था शायद मुझे प्यार हो रहा था

अब तुम्हे क्या क्या बताऊं यह सब मानो पहेलियां थी तेरा नाम ले लेकर चिढ़ा ती मुझे मेरी सारी सहेलियां थी

पूरा दिन फोन पर तेरे चक्कर में लगा रहता था तेरे से बात करने के लिए तीन चार रातें जगा रहता था

होले होले दिल को क्या फोन को भी तेरा असर हो रहा था मेरा टेलीग्राम इंस्टाग्राम । love और heart का घर हो रहा था

तुम मैसेज ना देखती थी 2 मिनट भी तो रिप्लाई का तेरा मुझे हर पल इंतजार हो रहा था इश्क में मै नीलाम हो रहा था मेरा कत्लेआम हो रहा था वह भी सरेआम हो रहा था

हां शायद उसी पल मुझे तुझसे प्यार हो रहा था

जब जब हम बाते किया करते थे बगिया में मानो फूल खिला करते थे

मेरे ख्वाबों में तू मुझे बाहों में ले लेती थी
गोद में बिठा लेती थी

फिर जुल्फें अपनी उंगलियों से माथे से उठाकर कान के पीछे कर लेती थी
मुझे तुमसे प्यार है कह कर मुझे चूम लिया करती थी

जीते जी मानो में भगवान हो रहा था शायद मुझे उसी पल तुझसे प्यार हो रहा था

Gulshan Kashyap

ये गुलशन कश्यप पानीपत हरियाणा के रहने वाले हैं। वर्तमान में यह पानीपत में आर्य पीजी कॉलेज से अपनी बी.ए तृतीय वर्ष की पढ़ाई कर रहे हैं इन्हें प्रेरणादायक कविताएं लिखने का बहुत शौक है। आप चाहो तो इनको instagram पर भी Follow कर सकते हैं
Instagram Username i,d - officialgk7

(1)

तेरी इंसानियत और हैवानियत बदल सकती है
तुझे और किसी इंसान को
तू ही एक अच्छा इंसान बन सकता है
और तू ही जगा सकता है अपने अंदर एक शैतान को
स्वर्ग का रास्ता भी तुझे ढूंढना है और नरक का भी
तू ही शान से सर उठा सकता है
और पहचान सकता है भगवान को

(2)

जब सूरज निकलेगा और प्रकाश
की किरणें प्यार फैलायेंगी
चल रही होगी ठंडी हवा
फूलों की खुशबू खुशियां महकायेंगी
जब लोग दे रहे होंगे एक दूजे को प्यार का पैगाम
न जाने वो सुबह कब आएगी

(3)

सच कहा है सच ने
अपना कर्म किये जा जिंदगी जिये जा
जो बनता है तेरे से वो बलिदान दिये जा
मत सोच क्या बुरा क्या अच्छा
लिये जा सुबह शाम भगवान का नाम
प्रेम का प्याला पीये जा

(4)

जिंदगी एक खूबसूरत तोहफा है संभल जाइए यही संभलने का मौका है फैसला कर लीजिए कैसे जीना मरना है बस आपका साथ अपना है बाकी सब धोखा है

(5)

भुलाने को तो मैं दुनिया भुला दूं पर मेरे दिल में महफूज कुछ बातें हैं आंखें नम है मेरी जुबान खामोश है कुछ है जो बयां नहीं कर सकता। कुछ सतरंगी यादें हैं

Alka Soni

अलका सोनी पुत्री श्री रामदास सोनी ।
वह एक अच्छी शिक्षार्थी है वह लोगों की भावनाओं को अपनी रचना के माध्यम से पन्नों मे उतारती है उनकी रूचि कला, संगीत, नृत्य, आध्यात्मिक किताबों मे है ।वह मन की सुन्दरता को महत्व देती है उनकें विचारों के अनुसार प्यार के अनेक रूप है वह एक फूलों की माला की भाँत्ति है ।

ग़ज़ल ए इश्क़ (शायरी)

फ़ना हो जाए इश्क़ मे,
कोई ऐसी शाम हो जाए,
महफ़िल सजी हो शायरों की
ग़ज़ल-ए-इश्क़ मे हमारा नाम हो जाए।

(2)

इश्क़ है उनसें तो एतिमाद रखा कर,
लहज़ा यूँ सवालों को उठाया न कर ,
अल्फाज़ उनके बडें गौर से सुनते हो
कभीं अनकहें जज़्बात भी सुन जाया कर ।

(3)

मोहब्बत काबूल हो ये जरूरी तो नहीं ,
हर जख्म नासूर हो ये जरूरी तो नहीं,
इश्क़- ए- गुलशन से संम्भल कर गुजरना जनाब,
हर गुलशन मे गुलाब-ए-फूल हो ये जरूरी तो नहीं।

(4)

दीदार सूकून है आँखों का ,खैरियत-ए- इश्क़ अश्क थाम लेती है।

(5)

अजीब कशमकश है जिंदगी की ,जो सुलझाते है ,वाही अक्सर उलझ जाते है

Niva Devi

ये निभा देवी कामरूप जिला, असम की रहनेवाली हैं। वर्तमान ये असम के बको राष्ट्रभाषा महाविद्यालय में अध्यापिका के रूप में कार्यरत हैं।इन्होंने हिंदी और असमिया में परास्नातक किया हैं।इन्हें कविताएँ लिखने का शौक हैं।

नारी शक्ति

नारी है ममतामयी,
नारी है करुणामयी...
कभी प्यार की मुरत बन जाती,
कभी गुस्सेवाली सूरत है दिखलाती...

नारी तू है शक्तिस्वरूपा,
नारी तू है लक्ष्मीस्वरूपा...
फिर भी तुझ पर होते हैं अत्याचार,
अपने ही करते हैं तुझे प्रहार...
जीवन किया जिस पर न्योछावर,
वहीं तुझ पर करते हैं वार...

बहुत हुआ, अब और नहीं,
नारी तू अबला नहीं...
चुप मत रह शोर कर,
अपनी आवाज को बुलंद कर...
चुप्पी नहीं तेरा हथियार,
आवाज को बना अपना हथियार।

तू सहती है, इसलिए डबती है,
तू डरती है, इसलिए दुःख पाती है...
डर को भगाकर,
अपनी शक्ति को याद कर...
तब पड़ेगी तू दुश्मनों पर भारी,
फिर कहलायेगी तू सही अर्थ में नारी।

सच्चा प्रेम

प्रेम तो है एक सुंदर अनुभूति,
प्रेम है जैसे ईश्वर की स्तुति ।
प्रेम के बिना ये संसार अधुरा,
होता हैं सबकुछ प्रेम से पूरा ।

प्रेम अगर सच्चा न होकर दिखावा होता है,
तब सबकुछ बेमतलब और बेकार लगता है ।
इसलिए प्रेम करो...
तो सच्चे हृदय से करो,
भले ही तुम न बन पाओ राधा-कृष्णा,हीर-रांझा,
लेकिन अपने सच्चे प्रेम को तो कर ही सकते हो साँझा ।

सच्चे प्रेम में वो ताकत है जो बैरागी को भी संसारी बनाये,
ऋषि को भी प्रेमी बनाये ।
सच्चे प्रेम के बंधन में बंधकर तो देखो एकबार,
प्रेम ही प्रेम आयेगा नजर ये सारा संसार ।

मेरे मन की आवाज

मन जो कहता है उसे मानो,
मन की आवाज को हमेशा सुनो ।
मन कभी झूठ नहीं बोलता,
यह हमेशा हमारे साथ चलता ।

ये है मेरा मानना..

कहने को तो मन में आवाज नहीं होती,
लेकिन, ध्यान से सुनो तो इन खामोशियों में भी आवाज है गूँजती ।
कभी ग़म की बातें होती हैं,
तो कभी खुशियों भरी कहानियाँ होती हैं ।

मन नयी सुबह, नये जीवन की नयी आशाएँ बुनता हैं,
जीवन के डगर में राही बनकर संघर्षों से जूझता है ।
भय-शंकाओं के भव सागर में कभी कभी डोलता है,
संघर्षों का अंत न देख फिर जोर-जोर से बोलता भी है ।

अब जरूरत है तो सिर्फ उस आवाज को सुनना..

रोटी

रोटी' कहने के लिए है बस दो अक्षर का समाहार,
लेकिन ध्यान से सोचे तो यह है मनुष्य का मुख्य आहार।
कभी कभी लगती है ये हमारे रसोई में खिलनेवाली फूल की तरह,
हर मनुष्य के जीवन में होती है इसकी अपनी जगह..
किसीके लिए रोटी एक पूरी संस्कृति है,
तो किसीके लिए बहुत सारी भूख और संतुष्टि है।
मेरे लिए रोटी है माँ का प्यार, जो सदा सदा के लिए बस रहे बरकरार।
रोटी की हैं संज्ञाएं हजार, कोई कहे आहार तो कोई कहे प्यार।
दुनिया में जाने कितने ऐसे लोग हैं जो भूख से बिलखते हैं,
एक रोटी के टुकड़े के लिए तड़पते हैं,
उन्हें फर्क नहीं पड़ता वह खाएँ डाल-रोटी या साग-रोटी,
उन्हें तो चाहिए सिर्फ रोटी,
भले ही वो रुखी-सुखी ही क्यों न हो,
यहाँ तक की वो बासी ही क्यों न हो।
उन्हें तो मतलब है सिर्फ रोटी से जो भूख मिटाएं,
जो उनके पेट की आग को अच्छे से बुझाएं।

Jayant Ashish

ये जयंत आशीष है, जो कि कानपुर (उत्तर प्रदेश) के रहने वाले हैं। ये बी०सी०ए० (द्वितीय वर्ष) के छात्र है, और ये अपनी लेखनी को शौक नहीं, एक व्यवसाय के तरह ले जाना चाहते हैं।

ये अपनी रचनाओं को सामान्य शब्दों से सजाते हैं।

खामोशी का साथ चुनूं

ना तख्त पर बैठूं कभी
ना रग़बत की शहजादा बनूं,
हो तखलिए से ख्वाब भी
और ख़ामोशी का साथ चुनूं।

बंध जाऊं दायर - ए - इश्क़ में
तोडूं फ़ुर्रकत की सब बेड़ियां,
जहां शोर करें धड़कने ही
उस ख़ामोशी का साथ चुनूं।

मैं करना हुकूमत छोड़ दूंगा
तोहमत मोहब्बत पर ना करूंगा,
दरवेश तेरे दर का बनूं
और खामोशी का साथ चुनूं।

गलती नहीं माफ़ करोगे क्या?

तू प्रेम मेरा मुझे रोग तेरा
है फिर से हुआ जो ज़ख्म हरा
क्या मरहम घावों पर करोगे फिर?
गलती नहीं माफ़ करोगे क्या?
माना हुई बात बेवक्त ज़रा
हर दर्द को तुमने ही तो हरा
क्या पाक मोहब्बत करोगे फिर?
गलती नहीं माफ़ करोगे क्या?
मेरी रातों का तू ही चांद जो था
जो बाहों में मिले ,आराम वो था
क्या रातें रोशन करोगे फिर?
गलती नहीं माफ़ करोगे क्या?
मुझे राख़ किया तेरी यादों ने
हूं मैं उड़ चला इन हवाओं में
क्या चिराग़ जालाओगे प्यार के फिर?
गलती नहीं माफ़ करोगे क्या?

(3)

ये वाक्या तब का है जब इक हसीन मोहतरमा मेरे सामने बैठे हुई थी ,
कुछ सवालिया सी झलकती उसकी आंखों के किनारों पर
लगता है जैसे आंसुओं की नहीं मुहब्बत की बरसात होगी
जो दुपट्टा भी तेरे कांधे से सरके, वो भी चाहे की कोई दूजा मुझे इसके संग में ओढ़े
और वो काजल आंखियों का भी तरसे, की कब तेरे नैनों से होता हुआ तेरे प्रिय को दुनिया की नज़र से बचाता हुआ खुद भी बचे
हम उनकी आंखों और उनके काजल में इतना मसगूल हो गए
ना जाने कब वो हमारी सामने से ओझल से हो गए।

<u>मशरूफ हो या मशगूल हो !</u>

या फिर धूप कि रौशनी में दिखने वाली वही धूल हो, जो जानकर भी हो गई शायद वही तुम भूल हो।।
आंखों में काला सूर्मा, दिल में उजाला था नहीं जो शोभा बढ़ाते है बाग़ की, तुम वो दिखावटी फूल हो।।
तुम होंठ रंगीन ना करो, ना लिबाज़ तन पर कम करो जो पल भर को खुशियां दे गया, ऐसा ही तुम कोई शूल हो।।

Aniket

ये अनिकेत(शुभम शर्मा) प्रयागराज(इलाहाबाद), उत्तर प्रदेश के रहने वाले है।
वर्तमान में यह प्रयागराज(इलाहाबाद) राज्य विश्वविद्यालय से अंग्रेज़ी विषय से स्तानक कर रहे है।
इन्हें शायरी और कविता लिखने शौक है।

(1)

नहीं हैं खुद पर गुरुर,
है केवल शायरी सुरूर,
शायरी पढ़ना पसंद हो तो हमारी शायरी ध्यान से पढ़ना जरूर।
हर किसी को जिंदगी में एक न एक बार सच्चा प्यार जरूर होता है,
वही प्यार सबसे ज्यादा असरदार होता है।
इश्क़ हमने भी करना चाहा,
समझदार होते हुए भी सब कुछ गंवाना चाहा।
उन्हें देखते ही दिल की धकड़ने तेज हो जाती हैं,
शरीर बस में रहता नहीं जुबां लड़खड़ाने लगती है।
जाम आज अपने होठों का हमें पिला दों,
या फिर जिसका नशा बना रहें उम्रभर ऐसी शराब दिला दों।
जिस प्रकार रात बिन लौ के होती है काली ,
उसी प्रकार हमारे जीवन में तुम बिन हैं खुशियों की कंगाली।
धड़कते दिल की धड़कनों को मत छुपाओ,
क्या बात हैं हमें सच-सच बताओं।
चन्द्रमा जैसा मुख और सोने जैसा रंग,
गुजारना है अपना जीवन हमें तुम्हारे संग।
बात सुनों मेरी गौर से,
दिल धड़क रहा हैं मेरा जोर-जोर से,
तुम्हारी खामोशियों में भी शोर हैं,
कुछ बोल दो दिल भी मेरा बड़ा कमजोर हैं।
जलने वाले करते रहेंगे हम दोनों की निगरानी,
उनकी चिंता मत करों बन जाओं तुम जल्दी से मेरी महारानी।
ठहर जाती हैं मेरी ये नजरें तुम पर,
ये मेरा दोष नहीं जालिम नजरों का दोष है।
हमेशा वो जहान में रहती है,
हकीकत में नहीं सपनों में। LOVE YOU कहती है।
मोहब्बत करने वाले अक्सर हकीक़त से ज्यादा ख्वाबों में खोए रहते हैं,

रात को जागते और दिन में सोए रहते हैं।
अक्ल से वो अब भी कच्ची है,
हरकतों से भी लगता है कि वो अब भी बच्ची है।
तुमसे छुपे नहीं हैं कोई भी राज हमारे
फक्र करों तुम सिर के ताज हैं हम तुम्हारे।
हालएदिल हमारा भी कभी जान लिया करों,
भूल से ही सही कभी हमें भी अपना मान लिया करों।
उनसे बिछड़ने का ग़म अब भी है,
उन्होंने जो बातें कही थी उन बातों दम अब भी है।
जो कद्र नहीं करते हैं उनके रोया मत करों,
जो कद्र करते हैं उन्हें सपनों में खोया मत करों।
सबकों घूर कर देर तक देखना उनकी फितरत थी,
उनकी फितरत को हम अपनी खुशनसीबी समझ बैठे।
हमेशा देते रहें वें अनिकेत जालिम फरमान,
कभी जानने की कोशिश ना की,कि अगले के भी होंगे कुछ अरमान।
अनिकेत जैसा प्यार जाहिर हो सकता है,
पर वो अनिकेत जैसा शायर नहीं बन सकता।
अब हिम्मत नहीं बची किसी से दिल लगाने की,
भरे जख्मों को कुरेद दर्द सह पाने की
छोड़ दी हमने भी मोह माया,
क्या मतलब हमसे किसने क्या खोया किसने क्या पाया।
ना करना विश्वास अनिकेत जालिम जमाने लोगों पर,
ये अपने ग़म पे रोते और दूसरों के गमों पर हसते है।
जिम्मेदारियों से भागा कायर हूं,
कोई कहता है दिल टूटा आशिक़ तो कोई कहता है शायर हूं।
मतलबी जितने थे मुसीबत आते ही दूर हो गए,
किस्से बर्बादी के हमारे भी मशहूर हो गए।

Renuka Sahu

ये रेणुका साहू रिसाली सेक्टर, दुर्ग जिला, छत्तीसगढ़ की रहने वाली हैं। वर्तमान में यह फ़ैशन डिजाइनिंग का कोर्स व बी.ए. प्राइवेट कर रहीं हैं। इन्हें दूसरों के दिए विषयों को अपने शब्दों से सजाने व कविताएं लिखने का बहुत शौंक है।

इश्क़-ए-मंज़र

इश्क़-ए-मंज़र आसान कहां,
आग का दरिया भी पार करना है।।

इश्क़-ए-मंज़र आसान कहां,
मोहब्बत साबित भी तो करना है।।

इश्क़-ए-मंज़र आसान कहां,
इश्क़ में शायर भी होना पड़ता है।।

इश्क़-ए-मंज़र आसान कहां,
प्यार पाने के लिए मेहनत भी तो करना है।।

इश्क़-ए-मंज़र आसान कहां,
उसे पाने के लिए जतन-ए-ज़िल्लत भी तो करना है।।

इश्क़-ए-मंज़र आसान कहां,
रोज़ तेरे सपने आते हैं, उन्हें काबू भी तो करना है।।

इश्क़-ए-मंज़र आसान कहां,
जनाब इश्क़ तड़पाती बहुत है।।

मोहब्बत

सच्ची मोहब्बत की तलाश भी है,
और उसी मोहब्बत से एतराज़ भी है।

उफ्फ ये ज़ालिम इश्क़ भी ना मेरे नसीब में है,
ना मुझे किसी और के नसीब में लिखती है।।

मुलाक़ात

तुझसे हर मुलाक़ात का नज़राना संभाल रखा है
कि तुझसे हर मुलाक़ात का नज़राना संभाल रखा है,,
ना जाने तेरे कितने झुमकों का जोड़ा बिगाड़ रखा है।
जब-जब तुझसे मुलाक़ात हुई,
तेरी एक चूड़ी भी घूमी होगी
कि जब-जब तुझसे मुलाक़ात हुई,
तेरी एक चूड़ी भी घूमी होगी
अब ना जाने तेरी कितनी चीज़े मेरी यादों के पिटारे में जमा होंगी।।

नादान दिल

मेरा दिल-ए-नादान उसपे यूं हीं फ़िदा था,,
जब उसे साड़ी पहने
आंखों में काजल
माथे पे काली बिंदी लगाए देखा
मेरा दिल घायल सा हो गया।।

Kamlakar Singh

He is good and honest man also preparing for civil services and also working in LIC. He is a regular writer in "your quote"

(1)

शख्सियत से हर शख्स की
एक खास पहचान होती है
पर दिल के दर्द को जो जान ले
वो शख्सियत आम नहीं होती है

(2)

गुजरी है इतनी आफते
दिल फिर तू मजबूत है
अभी आयेगी और मुश्किले
ऐ दिल जरा तू थम कर चल

(3)

मत पूछिये क्या हाल है जनाब
बस मुस्कुराते रहिए
वो भी अचरज मे रहेगे
गमो को भुलाकर

(4)

यूं ही इम्तिहान ना लिया कर रोज ऐं जिंदगी
कुछ तो तारीख दिया कर मुश्किलों के आने की

(5)

होंगे मेरे किरदार के कई रंग
पर बेरंग तू भी नही लगता है.
मेरी दुनिया तेरा होना
बस यूं ही नहीं लगता है

Tejashvi Rathore

ये तेजश्वी राठौर हैं , ये उत्तर प्रदेश शाहजहाँपुर की रहने वाली हैं। इन्हें हिंदी में प्रेरणादायक कविता लिखने का बहुत शौक है। ये वर्तमान में अपनी 12 की पढाई की पढ़ाई कॉमर्स स्ट्रीम से कर रही हैं।

(1)

कौन कहता है मैं तुमसे प्यार नहीं करती
तेरे जिस्म की खुशबू अभी भी संभाल कर रखी है

(2)

जब खामोशियाँ ही सबकुछ बयां करने लगें
तो समझ लेना तेरा दिल ही तेरा सबसे बड़ा दीवाना है...

(3)

मैं रिश्ते कम बनाती हूँ, की गवाने से मैं डरती हूँ
और बना भी लूँ अगर मैं तो, बयां करने से डरती हूँ

(4)

प्यार की तुमसे फरियाद करते हैं
तुम ले लो समय थोड़ा और हम इंतज़ार करते हैं

Rahul Singh

ये राहुल सिंह (राही) हैं । ये उत्तर प्रदेश के मुरादाबाद जिले के रहने वाले हैं । ये हाल ही में जम्मू कश्मीर में uflex ltd में एक मैकेनिकल इंजीनियर हैं । साथ ही साथ यह कविताएँ , और ग़ज़लें लिखने का पढ़ने का बहुत शौक है । वे साहित्य के आयामो को छूना चाहते हैं । इहोने अपनी रचनाओं में मानवीय संवेदनाओं को छुआ है । राही इनका उपनाम है

लोग बदल जाते हैं

दिन नॉशाद के यूँहीं निकल जाते हैं
लोग भले हैं फिर भी बदल जाते हैं ,

दर्द कितना भी जमा लो अपने सीने में
हल्की तासीर से अश्क पिघल जाते हैं ,

इस बाज़ार में आदमी एक खिलौना है
टूट जाता है जब दिल बहल जाते हैं ,

ज़िन्दगीं पे रहता है जब्र का पहरा
चोट लगती है तो पैर सम्भल जाते हैं ,

ख़ुदा ने गुलों को बख़्शी है नज़ाकत बेशक
नुकीले कांटों में भी फूल खिल जाते हैं ,

बड़ी रफ्तार से ढल रही है ज़िन्दगीं देखो
एक दिन में भी सौ सूरज ढल जाते हैं ,

मैं गुज़रा वक़्त नही कि जो फिर न आऊँगा
मील सा पत्थर हूँ हर पड़ाव पर मिल जाते हैं ।।

ये शहर

जो आँखे देख रही हैं क्या वही मीज़ान है
या फिर हक़ीक़त की कोई और ज़बान है

चलते- चलते क़दम ये कहाँ आ पहुँचे
सामने मेरे ये शहर या कोई मसान है ,

हर तरफ राख ही राख बिखरी है यहाँ
बसेरा नही कोई यहाँ तो श्मसान है ,

रिश्तों की कतरने सड़कों पर पड़ी हैं
यहाँ घर नही सिर्फ खाली मकान हैं ,

मौत के बाजार में जिंदगी की क़ीमत
बस पुराना एक टूटा - फूटा समान है ,

धर्म , मज़हब बड़े हैं बहुत इंसान से
यहाँ सिर्फ़ पैसा ही खुदा है ,भगवान है ,

सड़कों पर बिखरता बेइंतिहा लहू
यहाँ मज़हब की सच्ची पहचान है ,

यहाँ से गुज़रों तो सर झुकाके राही
सर उठते ही यहाँ खतरे में जान है ।।

रोशनी का शहर

रोशनी के शहर से गुज़रा हूँ
ये मानो लो कि कहर से गुज़रा हूँ ,
यहाँ दिनों में भी रातें नहीं होती
क्या बताऊँ किन पहर से गुज़रा हूँ ,

शीशे की हवेलियाँ पत्थर के दिल हैं यहाँ
मैं सड़कों के पत्थर सा गुज़रा हूँ ,
यहाँ किसी पर भी यकीन नहीं रहा अब
मैं यहाँ से यकीन मारकर गुज़रा हूँ ,

अपने सभी पत्तों की तरह झड़ गए यहाँ
मैं जब जब इस शज़र से गुज़रा हूँ ,
मैं खुद को ढूँढते कहीं खो गया जाने
न जाने किस रहगुज़र से गुज़रा हूँ ,

वो रोशनी जो जी को लुभातीं हैं बहुत
मैं वहाँ से सबकुछ हार के गुज़रा हूँ ,
मंज़िलें सारी यहाँ महँगी हैं बहुत
मैं हर बार यहाँ रफ्तार से गुज़रा हूँ ,

ज़िन्दगीं यहाँ सिर्फ़ साँस भर की है
मैं ज़िंदा ही मौत के घर से गुज़रा हूँ ,
रोशनी के शहर से गुज़रा हूँ
ये मानो कि क़हर से गुज़रा हूँ ।।

प्रेमिकाएँ बनती पत्नियाँ

पत्नियां भी होती हैं प्रेमिकाएँ
शान्त जल में तैरती रश्मियों सी
वो भी होती है प्रेम में राधा सी
और मीरा सी भी
वो भी प्रेम से पी लेतीं हैं विष के प्याले
सह जाती हैं विरह , वियोग के छाले
पत्नियां भी ढूंढती हैं कृष्ण से कोई
पत्नियां भी होती हैं प्रेमिकाएँ ।

रीति रिवाज़ो , मर्यादाओं के बंधन में बंधी
लाज शर्म का घूँघट डाले रहतीं हैं पत्नियां
समाज मे अपनी पहचान को
ढूंढती , तलाशती रहतीं हैं पत्नियां
पत्नियों को प्रेमिकाओं सी छूट नहीं मिलती
फिर भी बन जाती हैं प्रेमिकाओं सी पत्नियां
पत्नियां हैं सनातन ऋचाएँ
पत्नियां भी होती हैं प्रेमिकाएँ ।

प्रेमिकाएँ कली हैं शाखाएँ पत्नियाँ
मन हैं प्रेमिकाएँ तो आशाएँ पत्नियां
हो बहारों के मौसम भले प्रेमिका
जलतें मरुथल में बूंदे हैं पत्नियाँ
पत्नियों सी होती हैं उन्मुक्त रचनाये
पत्नियाँ भी होती हैं प्रेमिकाएँ ।।

Amritanshu Kumar

ये है हमारे अमृतांशु कुमार जी सीतामढ़ी बिहार के रहनेवाले है और एक इंजीनियर भी है (बेरोजगार नहीं है)। यह एक राइटर भी है और अक्सर सोशल मीडिया पे एक्टिव रहते है। हालांकि प्रेम पर ज्यादा लिखते है ऐसा लगता है दिल विल ज्यादा टूटा है लेकिन इनकी जिंदगी में प्रेम की कमी रही है या यह कह सकते है कि ये अभी तक इनको प्यार नाम से पाला नहीं पड़ा है तो सुनिए इनको अच्छा लगेगा आपको भी।

तुम वापिस आओगी ना

ये गीत गजलें सब बेकार जाती है
जब भी तुम्हारी हमको याद आती है

तेरी आँखों में अक्सर में डूब जाता हूँ
दिल दिमाग सब वहीं छोड़ आता हूँ

जब भी तुम सामने आ जाती हो
दिल एक पल को ठहर सा जाता है
वो जो तुम मेरा हाथ पकड़ लेती हो ना मेरा
वक्त एकदम से बदल सा जाता है

मैं कभी उठूं और तुम मेरे सामने रहो
मेरे दिल की बातें तुम अपने ओठों से कहो
तुम्हारा हाथ पकड़ के खींचूं
अपने पास बिठा लूं
तेरे ओठों को चूमूँ
तेरे बालों की लटें सुलझा दूँ

लेकिन ये सब ख्वाब है
शायद कभी मुमकिन हो
उम्मीद तो यही है
ऐसा भी कोई दिन हो

सोचता हूँ बता दूं दिल की बात तुम्हें
लेकिन तुम्हें खोने के डर से डर जाता हूँ
दोस्त हो ना तुम मेरी
तुम बिन रह भी नहीं पता हूँ

सोचता हूँ कभी कभी कभी,क्या होगा उस दिन
जब तुम चली जाओगी
किसी और के साथ होगी तुम
फिर लौट के भी नही आओगी

चलो इस दिल की बात बता देता हूँ
दिल की दूरियों को मिटा लेता हूँ
जो सवाल पूछा है वो बताओगी ना
तुम जबाब देने
वापिस आओगी ना
तुम वापिस आओगी ना ?

अपना ही शिकार बना डाला

मेरी ज़िंदगी को तार तार बना डाला
तुमने मुझे अखबार बना डाला

पूजा की माँ दुर्गा बना कर
फिर अपना ही शिकार बना डाला

जिसको जैसी मिली वैसा इस्तेमाल किया
अभी अबला तो कभी हथियार बना डाला

मेरे मरने के बाद मेरी खबर आएगी
फिर एक बार मेरे लिए आवाज उठाई जाएगी

अपराधी अंदर होंगे कुछ दिन के लिए
फिर से वे बाहर आएंगे
जब तक केस चलेगा कोर्ट में
फिर से किसी और को अपना शिकार बनाएंगे

जब तक सजा मिलेगी उनको तब तक बहोत देर हो जाएगी
इस लचर कानून व्यवस्था के आगे एक निर्भया और शिकार बन
जायेगी

रात आई यूँ कहने लगी है

रात आई यूँ कहने लगी है
सारे सुख दुख ये सहने लगी है
कुछ अनजाने लोग मिले जो
इस दिल के घर में रहने लगी है

सुंदर सपना सजल नयन है
आंखों में मेरे उसके सपन है
नींद उड़ी जो उड़ सी गई है
एक अलग कहानी गढ़ने लगी है
रात आई यूँ कहने लगी है

चाँद भी कुछ कुछ है मुस्कुराता है
जलता भी है मुझे जलाता है
कहता रहता अक्सर मुझसे
प्यार नहीं करती है तुझसे ?
लेकिन उसके आंखों में देखा है मैंने
उसकी भी नींदे उड़ने लगी है
रात आई यूं कहने लगी है

वो जरा सी शर्माती है
देख मुझे वो मुस्कुराती है
बांहों में बांहे डाल कर चलती
लेकिन बांहों में आने से है डरती
नज़रें जो हम दोनों की मिलने लगी
शायद कहानी आगे बढ़ने लगी है
रात आई यूँ कहने लगी है

राहुल सिंह "अनुपम"

ये राहुल सिंह "अनुपम" हैं ये प्रतापगढ़, उत्तर प्रदेश के निवासी हैं, जो वर्तमान में प्रयागराज में रहकर सिविल सर्विस की तैयारी कर रहें हैं, जब भी इनको समय मिलता तो ये कविता, गज़ल और नज़्म, आदि लिखते हैं, ये अपनी कविताओं के माध्यम से सामाजिक बुराइयों की ओर लोगों का ध्यान आकर्षित करने का प्रयत्न करते रहते हैं।

(1)

मुझे अब मेरे शहर से निकाल दिया जाय
या फ़िर अब गलत पर, बवाल किया जाए

क्या मिलता है माँ के जिस्म को बेंचकर
देश के गद्दारों से अब ये, सवाल किया जाए

क्यों नहीं दिखता फर्क़ सही और गलत में
सच बोलने में अब न, मलाल किया जाए

क्यों नाम आता है हर गलत काम में तुम्हारा
अब इस बात पर भी, विचार किया जाए

इंसानियत तो बेंच खाई फ़िर झूठा धर्म कैसा
अब पहले अपने आप में, सुधार किया जाए

मेरी आवाज़ या तो अब हर जुबां पर हो
या अब मेरा गला धड़ से, उतार दिया जाए

(2)

ठहरो ठहरो हे भीष्म!
सच बतलाना क्या हुआ था
हुआ द्रोपदी का चीरहरण जब
तुम वहीं थे या कोई और वहाँ था

गाथा तुम्हारी खूब सुनी थी
सुना था राज्य के रक्षक थे तुम
फ़िर तुम क्यों मौन खड़े थे
अबला का जब चीरहरण हुआ था

पाण्डव जब दांव लगा रहे थे
सुना था तुम भी वहीं खड़े थे
स्त्री के प्रतिष्ठा का हनन हुआ जब
बतलाओ मुझे, क्यों मौन पड़े थे

ऐसी भी क्या बिडम्बना थी
जो सूखे थे कण्ठ तुम्हारे
सच बतलाना हे भीष्म!
तुम ही थे या कोई और वहाँ था

(3)

तुम्हारे घर के किसी कोने में
शायद इक तस्वीर टंगी होगी
सुनो, उसे ज़रा ध्यान से देखना
और साफ कर देना ज़रा सा उसे
हाँ जानता हूँ विदेश में जाकर
सीख गये होगे तुम पाश्चात्य सभ्यता
और भूल गए होगे अपनी संस्कृति
पर थोड़ा सा देखना उस तस्वीर को

बचपना तो तुमने बिताया था अपनी मिट्टी में
और जीवन की प्राथमिक शिक्षा भी ली थी यहीं से
पर ऐसा क्या असर हुआ पाश्चात्य सभ्यता का
कि, तुम भूल गए अपने ही देश की सभ्यता

ऐसा क्या हुआ कि तुम भूल गए
अपने माता पिता के स्नेह को जाकर वहाँ
हाँ, जाते वक्त कहा होगा प्रतिदिन फोन करूंगा
फ़िर ऐसा क्या हुआ तुम भूल गए बात करना

इक दिन मन बहुत उदास था, बहुत रोया था
जब सुबह के ये अख़बार में पढ़ा कि
इक वृद्ध माँ-बाप का शव मिला घर के कोने में
शायद वे मर गए होंगे इक फोन के इंतजार में

हाँ, ज़रा ध्यान से देखना उस तस्वीर को
जो टंगी है तुम्हारे घर के इक कोने में

(4)

तुम्हारे ख़त का जवाब लिखता हूँ,
मैं अब तुम्हारा हर हिसाब लिखता हूँ।
तुमने तो मुझे पत्थर-ए-दिल कहा,
अब मैं पत्थर का ख्वाब लिखता हूँ।
मैं अब अपने घर की राख को समेटकर,
अपना दर्द बेहिसाब लिखता हूँ।
तुम अब मुतमईन हो ख़ुद को लेकर,
चलो अब मैं तुम्हें क़िताब लिखता हूँ।
तुम्हारा इस क़दर इतराना वाकई जायज है,
जो मैं तुम्हारा हुस्न-ए-सबाब लिखता हूँ।

Prashant Kumar Singh

He is Prashant Kadam, he works as hotelier in Mumbai. He is very passionate about his work. He always tries to push his boundaries of his capabilities as a person.His writing work is mainly based on motivational, emotional, inspirational quotes. He likes to write on his life journey and travel. He sees his work as something that can inspire a spark in people.

(1)

उसकी याद हमें बेचैन बना जाती है हर जगह हमें उसकी सुरत नजर आती हैं! क्या हाल किया हैं आपके प्यार ने नींद भी आती हैं तो आंखें बुरा मान जाती हैं|

(2)

प्यार का भी अलग दस्तुर है|पलभर में हों जाता हैं जिदंगी भर के लिए?

(3)

प्यार मे हम आपके बेचैन हो बैठे किसको पता था कि जीना मुश्किल हो जाएगा आपके बिना|अब तो हर दिन आपकी आदत होती जा रही हैं|

(4)

ज़िन्दगी आसान होती है| बस जीने वालो के इरादे बुलंद होने चाहिए|चाहे कैसी भी परिस्थिति आए जीवन में|

(5)

आप किसी के बारे में इतना मत सोचो कि आप खुद को कभी समझ ना सको|

Manish Sharma

ये Mr.लाडला (Manish Kumar) हरियाणा के जिला चरखी दादरी गाँव कादमा के रहने वाले हैं।वर्तमान में ये स्नातक के एक विद्यार्थी हैं इन्हें लिखने का बहुत शौक है जो ये शायरी,पोयम,कहानियां लिखकर पूरा करते हैं

(1)

कितना टूटा कितना बिखरा फिर से जुड़ने लगता हूँ
कितनी दफ़ा गिरा अम्बर से फिर मैं उड़ने लगता हूँ
गहराइयों के खौफ ने मुझको कितनी बार डुबोया है
हर हाल किनारे पाने हैं ये सोच तैरने लगता हूँ

(2)

हर मंजर में तेरा दीदार सा लगता है
हफ्ते का हर दिन इतवार सा लगता है
शायरों जैसी तबियत रहती है आजकल
हर सख्स अब गुलज़ार सा लगता है

(3)

कीमत समझ ले वक्त पर वक्त की
यूं ही वक्त को जाया ना कर
भीड़ में नकाब कई मिलेंगे चेहरों के
सबको अपना बनाया ना कर
मौसम की फितरत को समझ Mr.
बारिशों में पतंग उड़ाया ना कर
बेफिक्री का नाम ही है ज़िन्दगी
फ़िक्र में इसको गंवाया ना कर

(4)

माना कि जमीं से आसमां तक के फांसले भी बहुत हैं मगर उड़ने की जिद है और दिल में हौंसले भी बहुत हैं

(5)

जिस रास्ते छोड़ गया था तूं वहीं ठहरा हूं आज भी कतरा नहीं जो बह जाऊंगा हवा के संग ख़ामोश हूं मगर समन्दर सा गहरा हूं आज भी

Pragati Yadav

Her name is Pragati Yadav. She loves to write emotional, inspirational and motivational quotes. She started writing in March 2019 and very soon she became a part of flairs and glairs as a co-author in the face of flairs and glairs . She gets a bit success in lit age. She is hard working and determined girl who never give up in any situation and she also make other motivate. She is a simple girl who love to talk and help and care about others.

हाल-ऐ-दिल

(1)

अरे हद है यार क्या बात करते हो,
भरी महफ़िल में मोहब्बत को बदनाम करते हो
अगर जुदा हुए तो गलती दोनों की होगी
क्यों सारा इलज़ाम उसी के नाम रखते हो.

(2)

मेरे चेहरे से मेरे दिल का अंदाज़ा क्यों लगते हो दोस्त,
भरी महफ़िल में मुझे तनहा क्यों छोड़ जाते हो,
अरे मेरी जिंदगी का कीमती हिसा हो तुम
क्यों हर बार यही बात भूल जाते हो दोस्त.

(3)

उनको हमसे शिकायतें बहुत है,
दिल में उनके रिबायतें बहुत है,
अरे कोई जाकर पूछो जरा उनसे,
की इन सब में हमारी खता क्या है,

(4)

कुछ अपने कुछ उसके अल्फ़ाज़ लिखती हूँ,
मैं अपनी कहानी अपनी जुबानी लिखती हूँ.

एक तरफ़ा दोस्ती

हर रोज़ जिनसे बात होती थी ,
बातों से नहीं, गालियों से शुरुबात होती थी ,
जहाँ एक टिफ़िन में दो दो हाँथ होते थे,
जहाँ दिल के राज़ बेजिझक बयान होते थे,
हाँ वो दो तरफ़ा दोस्ती एक तरफ़ा रह गई,
जो साथ रहने की कस्मे खाते थे,
जो एक दूसरे के लिए दुनिया से लड़ जाते थे,
जो एक दूसरे की बात बिन कहे समझ जाते थे,
जो हर बात सिर्फ इशारों में बताते थे,
वो दो तरफ़ा दोस्ती अब एक तरफ़ा हो गई ,
शिकायतें अब उनको और हमको दोनों को नहीं,
तकलीफ दोनों की जिंदगी का हिस्सा बन गया,
जिनकी दोस्ती की मिसाल हर कोई देता था,
आज खामोशी ही उनकी जिंदगी का हिस्सा बन गई,
हाँ वो दो तरफ़ा दोस्ती अब एक तरफ़ा हो गई.

रेप

जिस्म जब एक लड़की का नोचा जाता है,
सरे आम इज़्ज़त नीलाम माँ -बाप की भी होती है,
अरे कब सुधरोगे और आवाज़ उठाओगे इस जुल्म के खिलाफ,
जहाँ प्रथा थी सतयुग में जिन्दा जलाने की,
वो प्रथा अब वापस कब लाओगे,
अरे हेयबानियत के राजाओं ,
कभी किसी और की बेटी की इज़्ज़त उतरने से पहले ये भी सोचो,
किसी बेटी के बाप, भाई तुम भी होंगे,
अरे कुछ तो शर्म करो इस दुनिया के लोगों,
वो किसी के घर का सम्मान होती है,
डरने लगा है लड़कियों को घर से निकलने में,
खुद तो आज़ाद हो लिए अब उनको भी आज़ाद होने दो,
भगवान के लिए अब ये रेप मत होने दो

कुछ

कुछ काश अभी भी बाकी है,
कुछ बात अभी भी बाकी है,
कुछ कस्मे अभी भी बाकी है,
कुछ वादे अभी भी बाकी है,
कुछ रिश्ते अभी भी बाकी है,
कुछ कहानियाँ अभी भी बाकी है,
ऐ जिंदगी लौटा दे वो लम्हे,
की कुछ जीना अभी भी बाकी है,
की कुछ काश अभी भी बाकी है,
कुछ बात अभी भी बाकी है.

Akshay Sharma

Akshay Sharma is a Practicing Company Secretary, Poet, Writer, Author and Blogger.
He is the author of the book "Infatuation to Everlasting love" a romantic fiction published in 2016. He writes motivational quotes and poems about life and love in both hindi and english.
He is active blogger on blogspot and Instagram.
His motto is to spread joy through words and motivate people to stay happy and enthusiastic.

(1)

चोटी पर पहुंच कर
यह एहसास होता है
मंजिल में भी
अपना सुकून है
मगर सफर
ज्यादा ख़ास होता है...

(2)

जितना भी कमाइए
मन में अगर पाप हो
पूरा नहीं पड़ता है
नियत गर साफ़ हो
तो थोड़ा भी
फलता है..

(3)

कौन नहीं चाहता
इश्क़ उसका
कामिल हो
ख़ुशी में तो शरीक
है सारा जहां
कोई दर्द में भी
शामिल हो..

(4)

बंद कमरे में मोहब्बत
छिप कर बैठी है
खुली छत पे नफरते
बेनकाब है..

(5)

ना नज़र लगेगी
किसी की
ना बद्दुआ लगेगी
मेरी नियत अच्छी है
तो बस दुआ लगेगी..

Jignesh

ये जिग्नेश जी हे,इनका मूल निवास स्थान गुजरात है। गुजरात के एक छोटे से गांव में रहते हैं, B.com कंप्लीट किया है। मार्केटिंग की जॉब चालू है। इन्हें किताबें पढ़ने का शौक है और नई-नई चीजें जानने का शौक है।

(1)

इश्क में इस कदर खो गई हमइश्क में इस कदर खो गई हम

इश्क में इस कदर खो गई हम
हमेशा के किए तेरे हो गय हम।

बस हर पल तेरी याद आती है
ना जाने हमको ऐसे क्यों रुलाती है।

समझ नी आता तेरे इश्क का
ये केसा नशा हे हर बार तुजमे ही
इश्क दिखता हे।

ये बाते समझ ना आती मुजको ये इश्क चीज क्या है। जो तूजमे खो गए हम।

इश्क में इस कदर खो गए हम
तेरे प्यार में ना जाने क्या क्या कर गय हम।

इश्क में इस कदर खो गए हम.....

Prashant Vijay Kadam

He is Prashant Kadam; he works as hotelier in Mumbai. He is very passionate abou his work. He always tries to push his boundaries of his capabilities as a person.

His writing work is mainly based on motivational, emotional, inspirational quotes. He likes to write on his life journey and travel. He sees his work as something that can inspire a spark in people. He likes to read on travel, inspiration, stories, biography.

हमने सोचा ना था

हमने सोचा ना था
के तुम्हे सोचेंगे इतना
सब भुल जाणे के बाद
भी याद क्यूँ आते हो इतना

कुछ अधुरी सी बाते

कुछ अधुरी सी बाते
उंन मुलाकातो की
यादे दिला गयी
हमे जिन्दगी भर की

तेरी याद

तेरी धुंदली यादों मे रेत पे लिखा था कुछ पर मेरे आसुओं की लहर
उसे भी मिटा गयी

आखरी सांस तक

आखरी सांस तक
तुझे चाहता रहुंगा
एक तेरे हा के आंस मे
हमेशा तेरे चाहत को
जीता रहुंगा

उनका हुस्न

हमेशा उन्हे अपने शब्दो
मे सजाये रखते है
पर उनके हुस्न के
सामने हमारे शब्द ही
फिके पड जाते है

Shub Mishra

His name is Shub Mishra, live in Greater Noida, he completed the masters from economics , He love to write inspirational, and emotional quotes. he started writing in December 2017 and he became a part of flairs and glairs as a co-author in the face of flairs and glairs, He is hard-working and determined boy who never give up in any situation and he also make others motivate

जब भी मिलती हो

जब भी मिलती हो कभी यूं लगता है कि
पहली मुलाकात है कभी लगता है
पहले भी मिले है कहीं ,
कभी लगता है सदियों से जानते है तुम्हें
जब भी मिलती हो ।

कहना चाहता हूं बहुत कुछ कभी कह
नहीं पाता कभी सब कुछ कहके भी
लगता है कि कुछ कहना शेष रह गया है
लगता है कि कुछ कहना चाहता था ,
जो कह ही नही पाया
जो कहने आया था भूल गया
अपूर्ण ही रह जाता है कहना
जब भी मिलती हो ।

कितना सोचकर आए थे
कि तुमसे से ये कहूगा वो कहूगा
जैसे जैसे कहने का प्रयास करता हूं ,
तो कभी तुम रोक देती हो
तो कभी यह सोचकर रुक जाता हूं
कि कही तुम्हे बुरा ना लग जाएँ
चलो अगली बार ही सही
यह सोच कर चुप हो जाता हूं
जब भी मिलती हो ।

कभी तुम बरबस ही मुस्कराती हो
कभी मै कुछ पूछता तो तुम कुछ कहती हो
कभी तुम पूछती हो क्या बात है ?
तो मै टाल जाता इतनी मुलाकात पर

कुछ हासिल न होता
जब भी मिलाती हो ।

ना मै कुछ कहता हूं , ना तुम कुछ कहती हो,
ना मै समझ पाता हूं कि क्यों मिले है हम
क्यों रहती हैं बेसब्री अगली मुलाकात की
दिन भी कहां होता है पूरा
और फिर मिलने की चाहत
कुछ अधूरा , कुछ खालीपन मिलने के बाद भी
जब भी मिलती हो ।

बात मन में रह जाती है मन मे बेचैनी दोनो तरफ है
तुम सरमाती हो , तो मैं घबराता हूँ
बात बराबर आग बराबर
तुम सोचती होगी कि मैं कुछ क्यों
नहीं कहता बस यही सोच कर रुक जाता हू ,
कि कहीं तुमने ना कह दिया तो
तुम भी यही सोचकर नहीं कुछ कहती
पर किसी को तो करनी होगी पहल
क्यों यहां - वहां की बातो में हम करे वक्त व्यर्थ
जब भी मिलती हो कहना जरूरी है क्या ।

मिलने की ललक रोज - रोज का मिलना और
फिर ख़यालो में खो जाना बात समझने की है
दिल से दिल की है कैसे करें बया
शब्द छोटे ना पड़ जाए कही ,
कहना ओछा न लगे कही
बज तो रहे है दिल के तार - तार दोनो तरफ
मिल तो रहे है नयन बार - बार
हां तुम हो मेरा पहला प्यार , हा तुम मेरा प्यार
.....सिर्फ मेरा प्यार .

झलक

'तुम्हारी एक झलक जब मिल जाती थी'
मै उसे आंखो से दिल में उतर लेता था,
तुम्हारी हर छोटी कही हुई बातों को
किताब के पन्नों पर उतार लेता था,
माना कि तुम मुझे देखते नहीं होगे कभी
लेकिन मै तुम्हे देख कर अपनी राते गुजर लेता था।

Hemant Vishwakarma

मध्य प्रदेश के संभाग भोपाल स्थित सरस्वती विद्या मंदिर कोटरा सुल्तानाबाद के वैज्ञानिक (साइंटिस्ट) की उपाधि के रूप में जाने जाने वाले प्रसिद्ध छात्र श्री हेमंत विश्वकर्मा है। इन्होंने विज्ञान संकाय से स्नातक की उपाधि प्राप्त की है। इनके द्वारा अपने उच्च शिक्षा अध्ययन के समय अनेक प्रकार के उतार-चढ़ाव को अपनी डायरी में, टूटी फूटी भाषा में कविता कविता बध्य किया है, जो आसानी मन को भा जाती है। वर्तमान में यह राजस्व विभाग के एक लिपिक के रूप में कार्यरत है।

(1)

किसी के
छोड़ जाने के बाद
वो इंसान वो नही रह जाता
जो विरह से पहले थे...

वो अब
शैतान बन जाता है
दर्द को सहने वाला...

मैं वो
शैतान बन गया हूँ
जहां से कुछ भी हो
फर्क नही पड़ता...

बस तुम्हारे
आने का इंतज़ार है
ताकि एक जगह रुक सकूं
आखिर में मैं तुमसे कह सकूँ...

पता है ?....
यहां से बहुत दूर
गलत और सही के पार,
एक मैदान है
वहां मिलूंगा तुम्हे....

आते आते
मिरा नाम सा रह गया,
उस के होंटों पे कुछ काँपता रह गया...

रात मुजरिम थी
दामन बचा ले गई,
दिन गवाहों की सफ़ में खड़ा रह गया...

वो मिरे
सामने ही गई और मैं,
रास्ते की तरह देखता रह गया...

झूट वाले
कहीं से कहीं बढ़ गए,
और मैं था कि सच बोलता रह गया...

(2)

कुछ लोग स्थायी रिश्ते में
आने के लिए श्योर नहीं होते,
मगर कुछ दिनों के लिये
लाइफ़ में आकर
हमें अपना बनाकर
खुद गैर हो जाते हैं,

उन्हें तो कोई भी फर्क पड़ता नहीं
पर सामने वाले की नींद चैन सुकून
सब तबाह हो जाता है..
ये चीज उन्हें समझना चाहिए
कि या तो हमें न बदलें,
या फिर खुद न बदलें...

(3)

लगाव सबसे हो जाता है...
आंखों को भा सब चेहरा जाता है....
पर अकेले में, एकांत में...
रात के सन्नाटों में...
जो हर घड़ी...
ना होके भी साथ हो.....
प्रेम वो ही है...
प्रेम उसी से है....
मैं प्रेम उसी से करता हूँ.....

Jonwal Ranjit

ये रणजीत जोनवाल ,औरंगाबाद, महाराष्ट्र के रहने वाले हैं। इन्होंने Economics में अपनी पदवी प्राप्त की है। नये कौशल्य ,कला आत्मसात करने में इन्हें रूचि हैं। इन्हे अपने अनुभवों को कविता और शायरी मैं बया करना अच्छा लगता हैं।

(1)

कोहिनुर की तरह हि,
उसका नूर था।
और
कोहिनुर की तरह हि,
किसी और की।

(2)

शायद...!!!
अब तुम्हारा इंतजार करना छोड़ देना चाहिए ।।
क्या पता हमारा भी कोई इंतजार कर रहा हो ??

(3)

हमें इस तरह देखा ना करो।
बहुत बार कहा है आपसे।
बात पसंद-नापसंद की नहीं है।
दिल की "धड़कने" बढ़ जाती हैं।

(4)

मै तेरी ही किताब का पहला पन्ना हूं, बस तुमने नाम लिखकर भुला दिया। ऐसा क्या है? उन बाकी पन्नों में, जिन्होंने तुम्हे कभी वापस आनेही नहीं दिया।. –

(5)

तेरी समंदर जैसी गहरी कविताएं, मेरा सफ़ेद कागज जैसा दिल, तो क्यूं न मिलकर हम " किताब " हो जाएं।

Suraj Pratap Kushwaha

इनका नाम सूरज प्रताप कुशवाहा है! ये उत्तर प्रदेश के देवरिया जिले के रहने वाले हैं ,वर्तमान में इलाहाबाद विश्वविद्यालय से स्नातक की पढ़ाई कर रहे हैं, इन्हे प्रेरणादायक कविता ,प्रेम और देश की हालत पर कुछ लिखने की चाहत है ,इनका कहना है कि कलम में बहुत ताकत होती है उस ताकत को आजमाना चाहते हैं

प्रेम

कोई इतना सा काम कर दे ,
इस खत को मेरे सनम के नाम कर दे ,
मैं इंतजार करूंगा उसी मोड़ पर ,
बस वो इस खत को पढ़ ले !

ख़्याल

आया होगा ख्याल मेरा तो रोई भी होगी ,
आज उसकी शादी हैं ,
आज खूब सजी भी होगी ,
चांद से थोड़ा रूप चुराई होगी,
हाथों में उसके मेहंदी भी लगी होगी,
लाल कपड़े और चूड़ियां चमकती होगी ,
एक आंसू मेरे प्यार के भी निकले होंगे ,
जब मंडप में बैठी होगी ,
और आया होगा ख्याल मेरा तो वो भी रोई होगी !

राज़

दिल टूटने के बाद ,
कागज के पन्ने सहारे होते हैं ,
क्योंकि दिल के राज ,
पन्नों पर उतारे होते हैं !

इश्क़

मेरी कलम थक गई शायद ,
आज वो बेवफा हो गई शायद,
आंख खुली तो पलकों पे आंसू थे !
मेरे रब्बा मुझे इश्क हो गई शायद !

कोई नहीं

साथ कोई नहीं निभाता,
झूठे वादे करते हैं ,
प्यार कोई नहीं करता ,
प्यार के दिखावे करते हैं !

Ashish Kumar

ये आशीष कुमार जयपुर, राजस्थान के रहने वाले हैं। वर्तमान में यह जयपुर में एक जिम ट्रेनर के रूप में कार्यरत हैं। इन्होंने जुलाई २०२० से कविताएं लिखना प्रारम्भ किया था। इन्हें कविताएं लिखने का बहुत शौक है।

दिल ही तो है

कभी चंचल सा कभी उदास सा।
कभी मैघ की गड़गड़ाहट सा।
कभी बारिश ही नम बूंदों सा।

कभी इश्क के दरिया में डूबा हुआ।
कभी हिज्र की कठिनाईयो से जूझता हुआ।

कभी बहे तो नदियों जैसा।
कभी थम जाए तो सागर जैसा।

कभी उड़े तो बांझ जैसा।
कभी उड़े तो तितलियों जैसा।

कभी खिलखिलाहट हंसीयो जैसा।
कभी किसी हंसीन चेहरे की उदासी जैसा।

कभी बोले तो कोयल जैसा।
कभी चुप हो तो आधी रात के सन्नाटे जैसा।

कभी किसी नादान बच्चे जैसा।
कभी किसी जिम्मेदार शख्स के जैसा।

कभी ख्वाहिश करें तो ऐसी करें कि सारा जहां मांग ले।
और कभी ख्वाहिश में सिर्फ किसी कि एक मुस्कान मांग ले।

कभी खुश हो तो सबको पता चल जाए।
कभी रोए तो कोई सुन भी ना पाए।
अब क्या करें दिल हि तो है।

ये रात फिर किसी कि याद दिला रही है

किसी का हंसना किसी का रोना किसी का गम किसी कि खुशी याद दिला रही है।
ये रात फिर किसी कि याद दिला रही है......

जब पिते थे। हम चार दोस्त छुप-छुप कर शराब वो बीते पल मुझे याद दिला रही है।
ये रात फिर किसी कि याद दिला रही है......

यारो के साथ सुबह गाडी़ लेकर वो दुर तक जाना याद दिला रही है।
ये रात फिर किसी कि याद दिला रही है......

वो पहली बार देखकर वो उसका हो जाना। उसको देखने के लिए पागलो कि तरह उसकी गली के चक्कर लगाना याद दिला रही है।।
ये रात फिर किसी कि याद दिला रही है......

रोए थे जब किसी कि यादो मे हम। ये वो गीले तकीये मुझे याद दिला रही है।
ये रात फिर किसी कि याद दिला रही है......

सन्जो कर रखे थे आँखो मे सपने कभी।
किसी फिल्म के flashback सीन की तरह याद दिला रही है।
ये रात फिर किसी कि याद दिला रही है......

वो दुर कभी जब शाम को ढ़लते देखा था सुरज हमने
वो शाम कि उदासी वो रात का आना याद दिला रही है।
ये रात फिर किसी कि याद दिला रही है......

कभी सोचा नही था इतना आसान होगा यूं समय को करवट लेते देखना....
वो किसी का आना ओर जाना याद दिला रही है।

ये रात फिर किसी कि याद दिला रही है......

वो आएंगे कभी तो उनको दिल की बात बताएंगे।

इश्क में उनके कैसे कटी ये रातें यह बात उनको बताएंगे।
"वो आएंगे कभी तो उनको दिल की बात बताएंगे।"

कैसे चांद में उनका अक्स दिखाई देता था।
रात के आते ही किस तरह उनकी याद हमे सताती थी यह बात उनको बताएंगे।
"वो आएंगे कभी तो उनको दिल की बात बताएंगे।"

किस तरह खुशी दे जाती थी उनकी पल भर की मुलाकात ये बात उनको बताएंगे।
"वो आएंगे कभी तो उनको दिल की बात बताएंगे।"

चाहत में उनकी किस तरह उनका हम नाम लिया करते थे
तन्हा राहों में किस तरह उनका इंतजार किया करते थे
ये बात उनको बताएंगे।
"वो आएंगे कभी तो उनको दिल की बात बताएंग।"

किस तरह कटा वो बसंत का " मौसम " वो सावन कि " रैना " ये बात उनको बताएंगे।
"वो आएंगे कभी तो उनको दिल की बात बताएंगे।"

कभी देखा ना था इतना हंसीन इंसा हमने
उनके चेहरे की हंसी उनके आंखों का नूर।
यह खासियत उनकी। हम उनको बताएंगे
"वो आएंगे कभी तो उनको दिल की बात बताएंगे।"

काश

काश हम भी तुम्हारे लायक होते।
काश तुम भी हमसे उतनी ही मौहब्बत करते जितनी मौहब्बत तुमसे हम किया करते है।
काश तुम भी हमारे खयालो मे जागा करते हमारे ही खयालो मे सोया करते।
काश तुम भी हमारी एक झलक पाने को बैताब रहा करते।
काश जब हम तुम्हारे सामने से गुजरते तब तुम अपनी पलके शर्म से निचे झुका लिया करते।
काश तुम भी हमे पिछे से मुड़-मुड़ के देखा करते।
काश तुम भी हमे पाने के लिये दुनिया कि हर मुश्किल को पार करने का जज्बा रखते।
काश हमारे बीच ये दुरिया ना होती।
काश ये काश ना होता जैसा मेने सोचा है ये हकिकत होता।
पर जैसा हे वेसा हि रहने दो हमैशा कि तरह इस काश को सिर्फ काश हि रहने दो।

Mansi Mishra

Inside she's a wreck. When you see her she looks perfectly fine. Deep down her mind in a mess. When she's with you she looks happy. When she's alone she's fragile. This girl is full of dreams, She wants to escape her town, Meet new people, travel, explore the world, and go on fun road trips. Whatever and whenever goes in her mind she writes....

(1)

अजीब कहानी है प्यार और दोस्ती के बीच के रिश्ते की .....
प्यार हमारा हीरो ...
दोस्ती हमारी हिरोइन...

(2)

आएगा नहीं चैन तुम्हें रूठने के बाद
कीमत पता चलेगी हाथ छूटने के बाद
है वक्त तो अभी माना लो यार को
कल कैसे मनाओगे साँस टूटने के बाद ...

(3)

मासूम दिलों को तोड़ जाता है
हंसते-हंसते मुँह मोड़ जाता है
अफसोस भी नहीं होता उसे कोई ,
वो एक पल में ही छोड़ जाता है
ना दुख होता है उसे किसी को रुलाने का ,
ना गम किसी के रूठ जाने का
मन भर जाए जब जिंदगी से निकल फेंकता है
मौका भी नहीं देता संभल पाने का
संभल के रहना ऐ दिलों से खेलने वाले , सब नहीं होते हम जैसे झेलने वाले
दिल तोड़ते -तोड़ते किसी दिन तेरे हाथ ना छील जाए ,
ये खेल जो तू खेल रहा है इसमें तुझे कोई तुझ जैसा ना मिल जाए ..

(4)

आप की यादें अमानत हैं हमारी , आप की खुशी चाहत है हमारी , आप से वफा फितरत है हमारी , पर ... आप से दूरी शायद क़िस्मत है हमारी...

(5)

हर पल ये दिल याद तुझे करता रहता है हर पल तेरे सपने ये देखा करता है माना तुमने रास्ते अपने बदल दिए ये बेचारा बीते कल में ही रहता है आखिरी साँस को भी तेरे नाम कर दिया....

Pooja Gupta

पूजा गुप्ता इन का जन्म उत्तर प्रदेश के शाहजहांपुर जिले में 15 अप्रैल 1980 में हुआ है इनके पिता श्री राम आसरे गुप्ता तथा माता का नाम स्वर्गीय सुधा ध

गुप्ता है इन्होंने राजनीतिक शास्त्र विषय में स्नातकोत्तर रूहेलखंड यूनिवर्सिटी से उत्तीर्ण किया है यहां एक कुशल ग्रहणी है इनका विवाह शाहजहांपुर के निवासी अजय गुप्ता के साथ हुआ है इनकी पुत्री का नाम शगुन गुप्ता तथा पुत्र का नाम शुभ गुप्ता है आप अपनी लेखनी के माध्यम से समाज में उर्जा प्रेम संपन्नता सकारात्मकता का संचार करना चाहती हैं

(1)

सकून की चाहत थी दिल में मेरी
ढूंढने पता निकले थे हम
सकून का पता तो मिला ना हमको
इश्क जाकर मिल गए हम
जो थोड़ी सी सकू नियति दिल में मेरे
अब वह भी ले गए मेरे नैन
अब ना है दिन में चैन
और ना अब आंखों में रैन

(2)

तेरा मुस्कुरा कर यूं चले जाना
तेरी आंखों ने बयां कर दिया
तेरे दिल का पैमाना

(3)

कहते हैं इश्क में
लोग गुमनाम हो जाते हैं
पर लगता है गुमनाम होकर भी
लोग मशहूर हो जाते हैं

(4)

इश्क को बयां ना कर पाएंगे मेरे अल्फाज   मेरी आंखों में देखोगे तो दिखेगा तुम्हें वह चेहरा खास

(5)

इश्क ऐसा रोग है जिसका ना कोई इलाज   बढ़ता जाता यह रोज है इंतजार में होता है बुरा हाल

Ashikul Shaikh

ये Ashikul Shaikh पाकुड़, झारखंड के रहने वाला है। वतर्मान में ये पाकुड़ के पब्लिक स्कूल में कार्यरत हैं। इन्हें शायरी और प्रेरणादायक कविता लिखने का बहुत शौक है।

(1)

हर धर्म मोहब्बत सिखाते हैं,
पर मोहब्बत का कोई धर्म नहीं होता।
वह खुद अपने आप में एक धर्म है..।।।

(2)

इस दुनिया में ऐसा क्यों होता है,
जो सबको ख़ुशी दे वहीं रोता है।
उम्र भर जो साथ नहीं दे सकें वहीं
जिन्दगी का पहला प्यार क्यों होता है।

(3)

हर चीज़ में कमी और खूबी होते हैं,
जैसे पत्थर का कमी है
कि वह पिघलता नहीं है।
वैसे यही उसका खूबी है
कि बदलता नहीं है।

(4)

हर इंसान हर किसी के लिए अच्छा साबित नहीं होता है, वह उनके लिए अनमोल है जो उन्हें समझता है।

(5)

जीवन समस्याओं से भरा है, समस्या स्थायी नहीं है लेकिन जीवन स्थायी है। इसलिए विश्वास के साथ समस्याओं का सामना करें और आपने जीवन का आनन्द ले..।।।

Ayushi Kawadkar

Her name is Ayushi Kawadkar .She loves to write on romance,and emotional quotes.She started writing in October 2019 . She is doing her Masters right now...from Green Technology (ICT Mumbai).
She is hard-working and her never giving up attitude in any situation made her to do learn this.

तु हार मत

तु हार जाएगा तो मैं रूठूंगी..
तु रूठ जाएगा तो मैं रूठूंगी..
तु हार मत बस हार मत।
तेरे रूठने से ये दुनिया छूटेगी। ।

इश्क एक रोग

इश्क रोग हैं जनाब..
इश्क रोग हैं जनाब..
कभी गिरता हैं। कभी उठता हैं जनाब..
बेशक.. जब गिरता है तभी निखरता हैं जनाब। ।

खामोशी..

खामोशी को मेरी समझ जाता था।
खामोशी को वो मेरी समझ जाता था
आज मेरे लफ्जों को नासमझ कह रहा है जो।।

कुछ लिखना- कुछ कहना

कुछ लिखना था उस वक्त जब ख्वाहिशो सब अधूरी थी।
कुछ कहना था उस पल जिस पल बात सब अधूरी थी।।

थक चुकी थीं बस

मै थक चुकी थीं उस वक्त जिस वक्त तुम रात हुए।
मैं रो पड़ी थी उस पल जिस पल तुम खास हुए। ।

Pulkit Kaushik

My name is Pulkit Kaushik. I love to write motivational, inspirational, and emotional quotes. He started writing in August 2020 and very soon became a part of Flairs and Glairs I am hard-working and determined boy who never give up in any situation and he also make others motivate . I am a simple boy who love to talk and help and care about others .

(1)

हमें कहां मालूम था कि इश्क होता क्या है,
बस एक 'तुम' मिले और जिंदगी मोहब्बत बन गई..

(2)

तेरे दीदार के काबिल कहाँ मेरी नजर हैं,
वो तो तेरी रहमत हैं, जो तेरा रुख इधर हैं..

(3)

तबायफ ..ने अपनी आत्मकथा लिखने की क्या सोची,
कि शहर के सारे शरीफो ने आत्महत्या कर ली..

(4)

अबके सावन में हुई ये कैसी बरसात,बादल बरसे दो घड़ी और नैना सारी रात..

(5)

याद रहेगा यह दौर भी उम्र भर के लिए, कितना तरसे थे हम घर से निकलने के लिए..

Richa Bittharia

Her name is Richa Bittharia from Gwalior. She loves to write motivational and emotional quotes. She started writing from July 2019. She is hardworking and self-motivated girl who never give up in any situation. She loves her family so much and her daughter is very special and lifeline for her. She is very simple girl and love to talk with other and help for other.

याद आती है

याद आती है उन दिनों की जो सपनों से सजे थे
उम्मीदों से भरे थे हाथों में हाथ लिए हम मीलों तक चले थे,
वो मांग में सिंदूर वो हाथों में चूड़ी वो पैरों की पायल के इशारे चल रहे थे,
वो हवाओं की खुशबू वो ढलती शाम,
नज़दीकियों के आंगन में बस हम तुम खड़े थे,
आंखों ने आंखों से वो सब कुछ कह दिया,
जिनको कहने से ये लव्ज़ डर रहे थे,
चाँद और तारे गवाह थे उस इकरार के,
जिस प्यार की चांदनी में हम पल पल पिघल रहे थे।

आज का दिन भी तेरे बिन गुज़रा

आज का दिन भी तेरे बिन गुज़रा,
कितना आसान है न ये कहना पर,
इस हर एक दिन में कितनी सदियों जी ली हमने क्या ये जानते हो तुम,
कितना पल पल मरे है हम क्या ये एहसास है तुम्हे ,
इस जिंदगी को कितना कोसा है हमने क्या पता है तुम्हे,
अरे तुम क्या जानोगे की इस एक दिन को गुज़ारने में,
कितनी बार आंसुओं के घूट पिये है हमने ,
झूठी मुस्कानों का कितना बोझ उठाया है हमने,
एक बार खुद को हमारी जगह रखके तो देखो,
सिर्फ एक दिन जुदाई का गम सहके तो देखो,
पहले ही दिन तुम टुटके न बिखर जाओ तो कहना।

झूठी मुस्कान

सुबह के उजाले से तो रात का अंधेरा अच्छा हैं जनाब,
जूठी मुस्कानों से तो आंसुओ का सैलाब अच्छा हैं जनाब,
थक गए है सुबह के उजाले में जूठी मुस्कानों के दौर से,
इससे तो अपनी तन्हाई और गीला तकिया ही अच्छा हैं जनाब।

(4)

वो जो प्राणों में बसा हैं उसे कैसे खुद से दूर कर दूँ में,
भले ही आज वो मेरी जिंदगी का हिस्सा न हो,
पर मेरी यादो में तो वो आज भी जिंदा है,
भले ही उसका चेहरा अब कभी नही देख पाऊँगी में,
पर उसका अक्स तो आज भी इस दिल मे जिंदा है,
भले ही ये हाथ उनको छूके महसूस नही कर सकते,
पर इन सांसो में उनकी खुशबू आज भी जिंदा है,
अब और क्या कहूँ उनके अस्तित्व की दास्तां,
बस.......ऐसे बस गए मेरे प्राणों में वो,
की इस रूह में उनका एहसास आज भी जिंदा हैं।

विशाल मीणा 'वरुणपाश:

विशाल मीणा'वरुणपाश' की रचनाएँ यथार्थ के धरातल से ही जुड़ी हुई हैं । इन्होंने 2016 से सामाजिक मंच पर लिखना शुरू किया और इनके सपाट लहज़े और चुभते शब्दों को भी पढ़ा और पसंद किया गया । इनका निवास स्थान गुलाबी नगरी 'जयपुर ' में है और लेखन को अपना पहला प्यार मानते हैं ।

(1)

जला दो इसे या मन करे तो दफना दो
ये भी ना हो सके तो चील, कौओं को खिला दो
परवाह नहीं कि, ये खाली जिस्म है मेरा,
मैं नहीं हूँ...
****
मैं इस कदर बेहिस हूँ कि, दर्द नज़र आता नहीं
बीमार बीवी खट रही है, मैं हाथ बँटाता नहीं
****
एक शायर गुमशुदा हो गया
लोकप्रियता की चाह में उलझकर
अपनी मौलिकता ही खो गया
****
स्याह आँखों से जब खून का कतरा टपका
वहशी तब भी ना जाने, ये ज़िंदा है, दर्द होता है

(2)

हमारी इच्छाएँ, मन की वासनाएँ
ताउम्र भटकाएंगी, ये मृग-मरीचिकाएँ
जितना इन्हें सम्हालो, उतनी ये बढ़ती जाएँ
मरती नहीं कभी ये, हम मरते, मर ही जाएँ

अपूरे से हैं कुछ सपने और सपनों में है काश
इन सपनों को छानता, झीना-झीना विश्वास
शायद पूरे हों कभी, धुंधली सी है आस
कुछ पाया, कुछ है बाकी, एक अधूरी प्यास
थक जाता हूँ फिर भी ये मन होता नहीं हताश
इक आशा की पकड़ डोर चल रही है मेरी श्वास

किसी ने पहाड़ काट दिया
किसी ने जंगल बसा दिया
और एक हम है कि , क्या करें
इस सोच में जीवन बिता दिया

वक्त वक्त की बात
वक्त वक्त का साथ
जो साथ थे दिन रात
वहीं खींच रहे हाथ
दिखावे के रिश्ते नाते
बनावटी जज़्बात
बदले जो हालात, हुई
ज़ाहिर सबकी औकात
वक्त वक्त की बात
वक्त वक्त का साथ

(3)

शांति की तलाश में, घाट घाट भटक कर
महफ़िल की रंगीनियों में खुशियों को तलाश कर
अतिविरक्ति से थक कर, अतिलिप्सा से उकताकर
मिला नहीं जब कहीं सुकून तो, हम लौट आए घर
****

अवसाद के स्याम घन, मस्तिष्क पर छाने लगे
अंतहीन सा देख सफ़र, हौसले डगमगाने लगे
टूटने लगी जब हिम्मत और पाँव कंपकंपाने लगे
बिखरी हिम्मत को समेटकर, हम लौट आए घर
****

घर पूछता है मुझसे,
अजनबी कौन हो तुम...?
आते हो,सोते हो, चले जाते हो!
मैं घर हूँ, दरोदीवार मेरे ज़िंदा हैं,
मुझे बेजान सी सराय, क्यों बनाते हो?

Rajeev Tripathi

He is from Udaipur, Rajasthan. He is a very good writer. He writes very deep.
I like his words and the topics on which he writes.

(1)

इज़हार करना तुझे आता ही नहीं
ग़म को बहलाना तुझे आता ही नहीं,
ख्वाबों की दुनियां तेरी देखी है
वहां मेरा ग़म जाता ही नहीं,
हमको मालूम है राज़ - ए- उल्फत
इसमें ग़म को करार आता ही नहीं,
मुझ से तू बेखबर रहती है
क्या तुझे ख़्वाब सताता ही नहीं,
इतने दिन तू कहां थी
यह शबाब बेवक्त तो आता ही नहीं,
मेरी बात पर क्यों रोते हो
क्या कोई ग़म भी आज़माता नहीं,
सही मायने में अब बने है शायर राज़
अमूमन तो कोई ग़ज़ल गाता ही नहीं,
चांदनी में घर जल रहा है हिज़्र
वरना सावन तो आग लगाता ही नहीं।

(2)

दर्द है मुफ़लिसी का दौर है
ख़ुदा इंसान कितना कमज़ोर हैं,
दहशत है ज़िन्दगी तो मौत है सुकून
ज़िन्दगी में शोर ही शोर हैं,
उदासी के लम्हों में वो याद बहुत आते हैं
जो यहां मेरे करीब नहीं कहीं और है,
तड़प उठते हैं हम याद में उनकी
जिनको बस आज़माने की होड़ है,
क्या कहें उनको समझाए कैसे
जिनके सीने में दिल नहीं कुछ और है।

(3)

दिल के हर ज़ख़्म सिया करते हैं
खून के अश्क पिया करते हैं
आप की महफ़िल सलामत है
मग़र
लोग तन्हाई में भी जिया करते हैं

(4)

दर्द हो दिल में तो पिला दो मुझको
आग हो दिल में तो जला दो मुझको
मेरी वफ़ा के तो सभी कायल हैं
आप क्या है यह बता दो मुझको

(5)

आपके उसूल भी बड़े अजीब है दर्द तो देते है मगर दवा नहीं करते,
इश्क़ तो करते है हम बड़ी शिद्दत से आप है कि फिर भी वफ़ा नहीं करते।

Adarsh Tiwari

ये आदर्श तिवारी चन्दौली, उत्तर प्रदेश के रहने वाले हैं। वर्तमान में यह वाराणसी मे अध्ययन कर रहे हैं। इन्होंने खेल में भी अच्छा प्रदर्शन किया है। इन्हें प्रेरणादायक कविताएं लिखने का बहुत शौक है।

(1)

जब तुम्हें छोड़कर ही जाना था
तो पहले बता दिया होता, ये मोहब्बत का नाटक क्यों किया मेरे साथ

तुम मेरी मोहबत थी, पर मैं तुम्हारे लिए टाइम पास था,
तुमने तो बस use किया मुझे, तुम्हारे लिए तो कोई और ही खास था।

लोगों में तेरे ही नहीं मेरे भी चर्चे है मैडम
जितना तेरे पापा कमाते हैं उसे ज्यादा मेरे खर्चे मैडम

(2)

मोहब्बत बड़ी कमाल की चीज होती है साहब,
लोग मीठा मीठा बोल कर जिंदगी भर का दर्द दे जाते हैं

जिंदगी भर जिन्हें हम अपना मानते रहे
मुसीबत के वक्त वो बोले हम तुम्हें जानते ही नहीं

गलती उनकी नहीं है जो दिल तोड़ा करते हैं।
गलती हमारी है जिसने उन्हें दिल तोड़ने का हक दिया होता है।

(3)

मत उलझो हमसे मैडम कहानी हो जाओगी,
सुनोगी जब मेरी किससे तो तुम मेरी दीवानी हो जाओगी।

प्यार करने की गलती कभी मत करना,
क्योंकि लोग आजकल टाइम पास को भी मोहब्बत का नाम दे दिया करते हैं

एक मुलाकात क्या हुई मेरी और तुम्हारी,
जैसे सारे ज़माने में आग सी लग गई।

(4)

इतना टूट के चाहा है तुमको कि, जिंदगी गुजार जाएगी तुम्हें भूलने में ।
मै उसके लायक नहीं था इसलिए उसने मुझे छोड़ दिया, मेरा दिल है या खिलौना जिसका मन खेला फिर तोड़ दिया।

(5)

मोहब्बत मेंरी मुकमल नहीं हुई तो क्या हुआ मेरी मां का सपना जरूर पूरा होगा। कभी मुझ से कहा था किसी ने जो मेरे हालात देखकर इतना मुस्कुरा रहे हो। जब जब टूटेगा दिल तुम्हारा तो पूछेंगे तुमसे कि पहले की तरह तुम अब मुस्कुराते क्यों नहीं

Kalamkari Vijendra

यह विजेन्द्र चंदेले ग्वालियर मध्य प्रदेश के रहने वाले हैं और अभी यह ग्वालियर में ही रह रहें है।

इनको लेखन में बहुत रुचि है यह इस समय प्राइवेट जॉब करते हैं इनको हर प्रकार की शायरी ग़ज़ल नज़्म व कविता लिखना और सुनना काफ़ी पसंद हैं। कर देने वाला

(1)

मेरी मानो ख़ुदा के दर पर तुम ज़रा सिर झुकाकर तो देखो।

मिलेगा तुम्हें दर्द से आराम ज़रा मां को बुलाकर तो देखो।।

जिसने तुमको रोते हुए देखकर हमेशा हसाया हैं।
किसी दिन तुम भी ज़रा उसको हसाकर तो देखो।।

जो चलना न जानते थे वो करने लगें अपनी मनमर्ज़ी ।
तुम उसकी मर्ज़ी के बग़ैर खाना भी न खा सकते थें, इस बात को
अपने ज़ेहन में ज़रा लाकर तो देखो।।

पैदा होते ही खुदके पैर होकर भी तुम बरपा न हो सकें।
अब तुम भी ज़रा ख़ुदको उसका सहारा बनाकर तो देखो।।

आरज़ू ये है के "विजेन्द्र" हर मां को अपना हक़ मिले।
ये यकीन तुम सभी मां के अंदर जगाकर तो देखो।।

(2)

अपनी पैदाइशी गरीब होने का लगान भर रहे है।
हम तपती धूप में भी सुकून से काम कर रहे है।।

ऐसा नहीं है कि हमको आराम का शौक़ नहीं है।

बस अपनो की भूख के सामने सड़क कि उड़ती हुई धूल की भी
होली का गुलाल समझ रहे है।।

हमारी आने वाली नस्लें बयां करेंगी हमारी सारी महनतें ।
इसीलिए हम बिना रुके बिना थके जुनून से काम कर रहे है।।

मेरे सारे के सारे ख़्वाब टूट चुके है बस इक उम्मीद जारी है।
मिला जो मुझे विरासत में वो मेरी घर की ज़िम्मेदारी है, तो इस आग
के दरिया को हम बख़ूबी से पार कर रहे है ।।

जिनके पास सब कुछ है वो उन सब का नुक़सान कर रहे हैं।
और जिन्हें कुछ भी नहीं मिला वो ख़ुद को नीलाम कर रहे है।।

(3)

नज़्म गुमनाम हूं यारो

गुमनाम हूं यारों अपने दिल की बस्ती में, मुझे इक किराए का मकान लीजिएगा।

जब कोई सोचे तुम्हारे बारे में तो उसे मेरा नाम लीजिएगा।।

यूं तो ख़ुद के भी कभी काम न आ सका मैं।
तो इतना भी न मुझ पर भरोसा कीजिएगा।।

ये माना कि आज कल मेरी ग़ज़ले नज़्में और शायरी की बहुत वाह वाह हो रहीं है।

कहीं ऐसा न हो की मैं मशहूर होकर गुमानी हो जाऊं, सो इतनी न मेरी लिखावट के लिए तुम दुआ कीजिएगा।।

अरे मैं तो ख़ुश मिजाजी का पैग़ाम लेकर आया हूं इस आवाम में।

मैं जब भी इस जहां से रुकसत हूं, तो मेरे अज़ीज़ यारों, किसी भी हालत में मेरे लिए अपनी आंख से एक भी आंसू न गिरा दीजिएगा।।

(4)

शायरी -मिजाजी हूं साहब मैं खिताबी नही, हर कोई पढ सकें जो मुझको मैं ऐसी किताब ही नही।।

(5)

हमारी प्रेम की कहानी न ही ख़तम हुई न शुरुवात हुई। हम दोनों में जो भी बात हुई बस इशारों मे बात हुई।।

Sonali Meher

Hey readers...!! She is Sonali Meher. From - Nuapada, Odisha, India. Currently pursuing for the degree of BAMS at Sri Sri Nursingnath Ayurveda medical College and RI. She is a Doctor by profession and writer by passion. She started writing when a very special moments come in her life and now for her writing is hobby. The writing is the 3rd person in that way of expressing their feelings, emotions and love. Now get a platform to exploring her writing. Hope ! You guys like it.

(1)

मेरा दर्द ।।
ना कोई सुनने वाला है ।।
ना कोई समझने वाला है ।।
अब तो बस दर्द को दिल में छुपा कर रखना पड़ता हैं ।।
पर आंखों से वह दर्द आंसू होकर निकल जाता हैं ।।
आंखों का भी क्या कसूर वह तो दर्द छुपा नहीं सकता ।।
अब तो बस रो रो के जिंदगी बिताने का जी करता हैं ।।

(2)

तेरा साथ दुनिया
ऐसी खेलता है,
जैसे बगीचा में फूल की खुशबू से खिलता है ।।
जैसे सूरज की किरणे दुनिया में खिलता है ।।
जैसे तारों की रोशनी
से रात जगमगा जाती है ।।
हम दोनों जब मिलते हैं,
मानो ऐसा लगता है कि,
आसमान और धरती मिल गए हैं ।।

(3)

ख्वाब रहते नहीं
जब पूरा करने वाला कोई नहीं होता है ।।
एक दो बार ख्वाब रखते हैं
बार-बार ख्वाब टूटने से कौन और ख्वाब रखेगा
अब तो जिंदगी में ख्वाहिशें की
गुंजारी ही नहीं उठती हैं ।।

(4)

जिंदगी में कभी,किसी को इतना भी भरोसा मत करना कि बाद में खुद को ही पछताना पड़े ।। इस मतलब भरी दुनिया में कोई भी किसी का नहीं हैं ।। सब खुद खुद की खुशियां ओर खुद खुद की मतलब चाहते हैं ।।

Rahat Wafa

Her name is Rahat Wafa.She love poetry from Childhood and started writing emotional inspirational quotes and soon She became a part of Flairs and Glairs as a Co-author in Flairs and Glairs.She get a success after hard-working. She is determined girl and She never give up and also motivate others also.She is a lovely and very simple girl and She also care and help others.

(1)

बड़ी इज्जत बड़ी सोहरत बड़ा ही नाम था तेरा
जब साथ थी तेरे मैं बाह कया मकाम था तेरा
मुझे ढूंढते हुए आ गए थे समूनदर के बिच में
मुझको पानी कि जुस्तजू में कभी ये हाल था तेरा
मिल गईं जब सोहरतें तो ऐसे मूकर गए
जैसे कि मुददतों से यही इंतजार था तेरा

(2)

मैं चाह कर भी तुझ से वफा न कर सकी
क्या हाले दिल था मेरा ये बयां न कर सकी
कब धरकने लगा उसका दिल किसी और के लिए
उसके धरकनो कि आहट पता न कर सकी
देखा जो आईना तो पता चला मूझे।
लूटा कर भी अपनी ज़िंदगी मातम न कर सकी

(3)

मैं जा रही इस दूनिया से मेरा दीदार तो कर
लौट कर न आउंगी कभी अब ऐतबार तो कर
बड़ी ख्वाहिश थी तूमहे मसहूर होने की
मर के कर दिया मशहूर तुझे जरा अखबार तो पढ़

(4)

उस दिन हमारी कया हालात होगी
के जिस दिन तूमहारी बारात होगी
तरपेगा दिल और बरसेंगी आंखें
बिन मौसम के बरसात होगी
बरे प्यार से जो थामोगे हांथ उसका
खुदा की कसम कयामत सि रात होगी
अगर सामना हो जाए कभी जिंदगी में
वह कैसी अधुरी मुलाकात होगी

Vikash Yadav

इनका नाम विकास यादव है यह दमन के रहने वाले हैं अनेक कविताएं लिखना तथा कविताओं का संकलन करना या सार्वजनिक स्थानों पर स्पीच देना काफी पसंद है और इससे पहले भी है कई सारे पुरस्कार मिले हैं और इनको इतिहास तथा प्रेरणादायक शब्दो पर इनका विशेष ध्यान रहता है।

प्रेरणादायक

वसुधा का नेता कौन हुआ
भूखंड विजेता कौन हुआ
अतुलित यश प्रेता कौन हुआ
नव धर्म प्रदेता कौन हुआ
जिसने ना कभी आराम किया
विघ्नों में रहकर काम किया

वास्तविकता

जब हम दुख सहते हैं तब सुख की कीमत समझते है,
जब कोई हमसे दूर हो जाता है तब उसकी पास होने की कीमत समझते है,
जब बोलने वाला चुप हो जाता है तब उसकी बोलने की कीमत समझते है,
जब समय बीत जाता है तब समय की कीमत समझते है

कविता

सिर पर मुकुट मोर के पंख का प्रभु प्रीत वस्त्र धारी अधरों की
मुस्कान समेत बोले कृष्ण मुरारी

पोपटी तो कुछ अटपटा सा था कुछ अशुभ सी थी सूरज की किरणे.
नदिया तो बहती थी अविरल जल का स्वाद कसैला था.
कुछ करकस था कुंजन पक्षी का सर्प कुछ और विषैला था.
कलयुग का पहला दिन था वह दिन बहुत ही काला था गुरु पुत्र ने
निष्ठा में बैठकर कोख में ब्रह्मास्त्र मारा था.

युद्ध जनक तो शाकुनी था दिखता तो पूर्ण समर्पित था
पर कुर्रू वंश का नास करुगा मन में पूर्ण संकल्पित था

देवी तुम पांडव से कहना मेरा मन अभी भरा नहीं
जो मारा वह निर्बल हाथी था अश्वत्थामा मारा नहीं

Nandita Rani Giri

This is Nandita. Raised in Odisha. She is pursuing BAMS. Since, her school days she had a huge interest in writing. Those days she used to write many stories and poetries and her friends used to praise.

Finally, she started exploring her writing skills as an author in anthologies.

(1)

तुम जो यूँ इतने करीब आके ,
मेरे दिल मे बस के
धड़कनो को बढाके,
अपने प्यार का शिकार बनाके ,
मेरे दिल मे कब्जा कर लिया ।।
और फिर जब हम उस प्यार में अंदर तक धसते गए ,
तुमने तो बड़ी आसानी से कह दिया ,
अब ना रही मुझे तुमसे मोहब्बत ,
अब ना रही तुम्हारे लिए हमारे दिल मे जगह ,
पता नही यह प्यार था कि ,
दर्द का बाहार था ,
मगर उस दर्द ने कर दिया है
मुझे कतरा कतरा ,
अब दिल ना करता किसीसे भी दिल्लगी करने का ।।

(2)

सोचते थे
हर वो दर्द हँस को
सेह लेंगे ,
हर वो नामुमकिन को मुमकिन कर देंगें ,
हर वो अंधेरी रात को बिन डरे तारों के टीम टीमाते रोशनी के साथ
गुजार लेंगें ,
क्योंकि यकीन था हमे तुम्हरे साथ का ,
तुमने जो हाथों में हाथ थामा था उस भरोसे का ,
यकीन था हमे उन आंखों पे जहाँ हमे सचाई झलकती थी ,
पर ये दिल को पता ना था ,
की एक दिन ये सब चीजें झूठी निकलेंगी ,
जब हम टूट कर ,
सुनसान सड़क पर ,
डारे सेहेमे से अंधेरे में ,
ऐकले खड़े होके तुम्हारा इंतेजकर करते होंगें ।।

(3)

एकेले जीना अच्छा लगता है ,
अपनी परछाई के साथ रहना अच्छा लगता है ।।

बहत बना लिए यार ,
बहत कर लिए प्यार ,
बेवफाई के हुए हमेसा सीकर ।।

बस अब इसलिए ,
एकेले जीना अच्छा लगता है ,
अपनी परछाई के साथ रहना अच्छा लगता है ।।

(4)

याद आते हैं, वो सारे दिन,
जब हम बिताया, करते थे शामें,
तेरे हाथों में हाथ थामे ।। .
अब उसी जगह रोज, तेरे यादों के सहारे,
बिताया करते हैं, अपनी सारी शामें ।।

Manaswinee Mouli Choudhury

She is Manaswinee Mouli Choudhury from Odisha pursing BAMS degree from SSN Ayurvedic college (Bargarh). Although she belongs to a medical background, She also likes to express her feelings through pen and paper. She is a kind hearted person. At last ending up by saying that "Never be afraid of trying a new thing!!"

कुछ इस तरह

कुछ इस तरह
आये मेरे जिंदगी में
जैसे बिन बादल
बारिस हुई है
कुछ इस तरह
प्यार किया तुमने
जैसे दो आत्मा बसगयी
इक जिस्म में
कुछ इस तरह
हाँथ माँगा है तुमने
जैसे सारा जहाँ हैं तुझमे ||

तुझ बिन

तुझ बिन दिल नही लगता
हर गली हर जगह
सुंसान सा लगता
चलते चलते यूं
रुक सा जाता
जहाँ देखूं जब देखूं
अब बस तेरा चेहरा नज़र आता
हकीकत भी अब खाब सा लगता
पता नहीं इस मोहबत में
इंसान पागल क्यों हो जाता।।

(3)

महाकाल तेरे बिन केसा ये नया साल है
ये जिंदगी बस तेरे नाल है
तेरे सामने तो हर शैतान का हलाल है
तेरे बिन हाल भी मेरे बेहाल है
मुझे खुश रखना भी तेरा चाल है
बस तेरे वजह से ही आज जिंदगी खुशाहाल है
जो काम करे गलत वो चांडाल है
वो मरे जिस काल में वो भी अकाल है
मेरे जिस्म में बस महाकाल है।।

जी करता हैं

जी करता है तेरी हर दुख को
खुशी में बदल दूँ
जी करता है तुझे वो हर खुशी दूँ
जो तु कभी सोचा ना हो
जी करता है तेरी वो हर सपना
पुरा करदूँ
जी करता है तुझे में प्यार से
बाहों में भर लूँ
जी करता है तुझे में
कभी अकेले ना छोडुं
जी करता तेरे चेहरे पर
हमेशा मुस्कान देते रहूँ।।

Vatsal Bajpai

His name is Vatsal Bajpai .He love to write motivational, inspirational,and emotional quotes.He started writing in March 2019 and very soon he became a part of flairs and glairs as a co-author in the face of flairs and glairs he get a bit success in lit age .
He is hard-working and determined men who never give up in any situation and he also make others motivate .He is a simple men who love to talk and care about others .

(1)

हम करते भी तो क्या थक गए तेरा सजदा करते करते
ज़रा सी गुंजाइश भी ना बची अब मोहब्बत करते करते।

जुल्फों की ख़ुशबू को दिल में जवां ए बागबां करते करते
दरिया ए हुस्न में कफस होकर अब काफिया कहते कहते।

मै कैद हो गया हूं नसेमन में उनको ही इश्क़ करते करते
मंजर ए तबाही के पैग़ाम से तन्हा सफर को पढ़ते पढ़ते।

हजार बार की मुफलिसी के बाद हम उनको कुबूल करते
दरख़्त सा दिल उनका था मेरा मर गया अब्र पढ़ते पढ़ते।

बे सबब उनके मकां की तरफ थक गए कदम चलते चलते,
मेरे हम - नफस को मोहब्बत के लिए इंतलाह करते करते।

हम कफ़न में कैद हो गए बेमतलब उन्हें सलाम कह कहके ,
इक ख़त भी ना जुरा उन्हें भला क्या ही वो मोहब्बत करते ।

तमाम खलिश ए इश्क गुज़र गई अश्कों में ही बहते बहते ,
अंजुमन भी तमाम थी लेकिन हम करते भी तो क्या करते।

अब तो जा चुका हूं मै बहुत दूर उनको दर्मियां कहते कहते ,
जखीरा अपनी मोहब्बत का और थोड़ा सलाम करते करते।

(2)

दफ़न हैं हमारी लाज़िमी यादें और ख़ुमारी शरारतें ,
सीने में बाईं तरफ खजालत का ये दर्द बेहूदा है ।

क़िफायतें - रिवायतें , ये अनकही फ़िज़ूल की शिकायतें ,
तेरा ही दिया नासूर है खिदमत में और तू ही ख़ुदा है ।

मकां उजड़ा है पर बस्ती में वही है पुराने फलसफे ,
हम सब आशिक़ रूहानी हैं तभी तो ख़ानम से जुदा हैं ।

ज़र्रा ज़र्रा डूब गए हैं अश्कों की नदियों के किनारे ,
नज़राना मिल जाए आपका इक यही इब रज़ा है।

असीर हूं मै तेरे इश्क़ का और तुम अस्हाब से निकले ,
ज़रा सा आदिल बनो तुम ये किस बात की सज़ा है ।

अज़ीज़ थे हम तुम्हारे अब मेरे अज़ाब भी नहीं दिखते ,
इश्क़ नहीं तो इल्तिफ़ात करो गर तनिक सी भी रज़ा है ।

आब-ए-आइना थे तुम मेरे इब तल्ख से हो तुम दिखते ,
कफ़स मेरा बचा है सिर्फ़ ,देख ज़रा तेरी लकीरों की कज़ा है ।

हार कर भी मैं जीत गया , आब ए चस्म सम्भाल के रखो ,
तेरी ज़फा का ज़वाब मिला तुझको ये उस खुदा की रज़ा है ।

Dhananjay Tyagi

ये धनंजय त्यागी ग्राम-सिकंदरपुर, पोस्ट बाँसदेवी सहारनपुर,उत्तर प्रदेश के रहने वाले हैं।वर्तमान में ये एक विद्यार्थी के रूप में बी· एड़ · में अध्ययनरत हैं।इन्होंने इलाहाबाद से स्नातक हिंदी और संस्कृत विषय से पूर्ण की है।इन्हें प्रेम कविताएँ लिखने के साथ-साथ खामोशी पर भी शायरी लिखने का भी बहुत शौंक है।

(1)

तुम मुझे पागल और मेरे इश्क़ को
आवारा कह सकती हो,
तुम मेरी बाँहों में या
मेरे दिल में रह सकती हो।
यादें तुम्हारी मेरे साथ-साथ हैं,
तुम चाहो तो तुम भी मेरे साथ रह सकती हो,
कहीं दूर सागर पार बनाएंगे आशियाना अपना
तुम चाहो तो तुम भी मेरे साथ आ सकती हो।
तुम मुझे पागल और मेरे इश्क़ को
आवारा कह सकती
हो।

(2)

तुम इश्क़ हो मेरा,
मैं चाहता रहूँ उम्र भर तुम्हें
ये आरजू है मेरी।
हो मुकम्मल इश्क़ हमारा ,बस!
इतनी-सी कहानी है।
जिंदगी बहुत लम्बी है,
इंतजार भी लम्बा होगा,
उम्मीद है मुझे कभी तो सामना होगा उनसे,
उन्हें भी इकरार-ए इश्क़ तो करना ही होगा।

(3)

जिंदगी एक हसीन मंजर है,
जो हो साथ तुम्हारा।
मैं उठा लूँगा हर तकलीफ,
जो साथ हो प्यार तुम्हारा।
मैं भी जीना चाहता हूँ,
जिंदगी अपनी।जो हो साथ तुम्हारा।
जिंदगी एक हसीन मंजर है,
जो हो साथ तुम्हारा।

(4)

मैं चाँद तोड़कर ले आऊँ, ये औकात नहीं मेरी, हम प्लाट चाँद पर कटा लेंगे, तुम एक बार आओ तो सही।मैं बना सकूँ ताजमहल तुम्हारे लिए,ये हैसियत नहीं मेरी।हम घर वहीं बना लेंगे तुम एक बार आओ तो सही।

(5)

हम मिले जब से तुमसे, अपनी हालत क्या हो गई है, क्या कहें तुमसे। समुद्र की तरह ना तो रूक सकते हैं, ना ही बह सकते हैं।

Akhilesh Kumar Mishra

अखिलेश कुमार मिश्र की कवितायेँ समय के अनुसार समाज को आइना दिखाती हैं, व्यंगात्मक तरीके से उन्होने अपनी बात कविता के माध्यम से कही है, दहेज पे लिखी उनकी कविता समाज के लोभी मानसिकता पर प्रहार है!

(1)

किस गली को मैं मानू
अपना यहाँ पे देखो
हर लड़की पराई
हुई है
कुछ ही रोज पहले
देखा था सपना
आज फिर वो
यहां पे आयी हुई है
उसी से पूछ के की थी
मोहब्बत फिर क्यों वो
शरमाई हुई है
सीने से लगा लूँ मैं उसको
पर सीने से ही वो
घबराई हुई है
बहुत लोग हैं पर
उसके वहां पे यादें मेरी
छाई हुई है
सूना नही मेरा सपना
सपनो में वो
समाई हुई है
मेरी यादों मे मेरी
आज वो फिर
आई हुई है!

(2)

इन्तजार था तुम्हारा
चलो तुम आयी हो
क्या अपना दिल
लायी हो
चलो जाओ
पहले अपना
दिल लाओ
कुछ अश्क महफ़ूज
रखे हैं मैने
उन्हे ले जाओ
पहले ही बहुत
भीग चुका हूँ मैं
अपने सूखे अश्कों से
मुझे और ना भिगाओ
और ना भिगाओ!

(3)

मेरी ख्वाईश जो तुम पूछते हो जो बता दूं तो उन्हे तुम क्या ला पाओगे
चलो बता दो उनकी क्या कीमत तुम लगाओगे
कर्ज लेकर चुका दूंगा मैं उनकी कीमत जो तुम मेरी ख्वाईश मुझे दिलाओगे

हर रोज नये संघर्ष ही
मेरी नयी ख्वाइशों के आधार हैं
मेरे चुनौतियों को क्या तुम रोक पाओगे

मेरी चाहत मुझे ही
कहां मालूम
तो तुम क्या उन्हे
मालूम कर पाओगे
बोलो, मेरी ख्वाईश
तुम मुझे कैसे दिलाओगे

चहता हूँ पूरी कर लो
तुम अपनी ख्वाईश को
मगर मेरी ख्वाईश को क्या
अपनी ख्वाईश बनाओगे!

(5)

मुझे गैरों से शिकायत न थी
मेरे अपने ही बहुरुपिया बने थे
मलहम की आस जिनसे थी
वही मेरे जख्म बने थे

उन्हे गैर ही रहने दो
जो अपने बन गए तो
ये अंजाम देंगे
आस करेंगे हम मलहम की
और वो हमे घाव देंगे

किस पीड़ा की अग्नी में
तुम जल जाते हो
मैं तुमको अपना समझूं
और तुम मुझको छल जाते हो

दोष मेरा बस इतना
मैं मन का कच्चा हूँ
तुम हो गए हो बड़े
और मैं अभी भी बच्चा हूँ!

Rajnikant Kumar

ये रजनी कांत जी है ,जो झारखण्ड राज्य के एक छोटा सा गांव से हैं | फिलहाल ये पंजाब के नेशनल फैटिलाइजर में कार्य करते है। और ये सायरी लिखने का शौख रखते है।

पहला प्यार

तुम अदरक बाली चाय हो
मैं उस का फूटी प्याली हूं।

तुम दशहरी की मिठी आम हो
मैं उस का काली डाली हूं।

तुम सावन की नाचती मोरनी हो
मैं उस का पैरो का निशानी हूं।

तुम नहीं बदले

युग बदले और बदली सदियां
काल बदले तब भी तुम नहीं बदले।
सोच बदली और बदली दुनियां
इंसान बदले तब भी तुम नहीं बदले।
हस्तरेखा बदली और बदली जीवनियां
भाग्य बदले तब भी तुम नहीं बदले।
दिल बदले और बदली कहानियां
हम भी बदले बस तुम नहीं बदले।

तुम जो चाहो

डूब चुका होगा सूरज
मगर रोशनी दुबारा होगा
तुम जो चाहो तुम्हारा होगा।

बंद हो जाएंगे सारे रास्ते
बस एक तिनका का सहारा होगा
तुम जो चाहो तुम्हारा होगा।।

मुसीबतें आएगे मगर
तेरे होठो पे मुस्कुराहट दुबारा होगा
तुम जो चाहो तुम्हारा होगा।

तुम्हारा प्यार

तुम आज इतनी सजी हों
कुछ आज खास है क्या?

खिड़की के बाहर इतने लोग क्यों है ।
तुम्हारी बारात हैं क्या ?

क्या थीं कोई मज़बूरी ।
या कोई वो नबाब है क्या?

बोल दो ये झूठ है।
या कोई मजाक हैं क्या?

Modita

Her name is Modita. She is from Hanumangarh district of Rajasthan.SHe is very fond of studies. SHe loves to write on love, on broken hearts, on parents. Apart from this, she is able to write on all kinds of conditions.And she is in an effort to make herself mean.

(1)

तुम मंदिर आ जाना, मै मस्जिद चलूंगी तेरे साथ
मै करूंगी दुआ तुम्हारे लिए, तुम भी करना प्रार्थना मिलाकर हाथो से हाथ
ना आये कभी ये धर्म की तेरे मेरे बीच
इसलिए हमारी दोस्ती के चारों और लष्मण रेखा लेंगे खिंच!
हिन्दू मुस्लिम भाई-भाई का नारा करेंगे सच
जात पात मे बाँटने वालो से तुम भी जाना बच !
इस दोस्ती को इतना सुनहरा बनाएंगे
जमाना नहीं "दुनिया वाले भी देखते रह जायेंगे "!

(2)

मशवरा हर कोई दे देता है
मगर सिखाता कोई नहीं,
देखेंगे सभी, मगर रोते हुए को चुप करता कोई नहीं,
ज़ब जरूरत हो उनके आँचल की
तो अपने आँचल को फैलता कोई नहीं,
सब लगे है एक दूसरे की कमियाँ निकलने
यहाँ दुसरो के गुनाहो को छुपाता कोई नहीं
सब है फरेबी यहाँ,
दिल से रिश्ता निभाता कोई नहीं !

(3)

ज़ब मा ने गोदी मे सुला कर सिर सहलाया था
वो ही आख़री दिन था ज़ब इस दिल ने सुकून पाया था
अब नहीं है वो पास मेरे
मगर ना जाने क्यूँ, दर्द होने पर मैंने इतने सालों बाद उसी का नाम दोहराया था
इतना वक़्त हो चला तेरे गये को शक्ल भी नहीं याद अब तो मुझे तेरी
पर फिर भी वो तेरा गोदी मे सर रखकर सुलाने वाला सपना आया था

(4)

वो मेरी नींद के लिए
हमेशा के लिए सो गए..
इस भारत माँ की गोद में
मिट्टी ही हो गए...
आँखे भर आई उनकी कुर्बानी देखकर
वो अंजान लोगों के लिए लहू लुहान हो गए
मेरे देश के है वो जवान
जो दिवाली पर खून की होली गए
ज़ब लोगों ने सजाये थे अपने मेहबूब के संग आशिया
तो वो उनके आशियाने के लिए नींव हो गए
ना जाने आज मेरे देश के वो शहीद जवान
उस आसमान में कहा खो गए
उनकी कुर्बानी देख
पत्थर भी पानी हो गए

Sufiya khan

SUFIYA KHAN is an authentic author and an writer. She has one of the best truthfulness and emotional poetries. Her journey of writing has beigan from YourQuote from 2019 and later on Instagram.

Her page and Quotes are most understandable and relatable to real life.She is an sensitive writer and her ideas , and motivation can change our whole motive towards life.

(1)

बेटी एक खूबसूरत रूह हैं,
मगर उसकी किसको जुस्तुजू है ??

तुम यकीन कर के तो देखो,
उसका हौसला बुलंद कर के तो देखो.

तुम उसको एक कदम बढ़ाओगे वो दस कदम आगे बढ़ाएगी
...

तुम्हारा वजूद इस जहान में रोशन कर के दिखाएगी
..
तुम जो मना करोगे आगे बढ़ने से तो मान जाएगी

ना तुम्हारे खिलाफ एक कदम भी, बगावत का
बढ़ाएगी ...

ना फेरो उससे मुँह तुम कभी,
तुम्हारी पहचान है बेटी.

ना मारो उसका वजूद घोंट कर,
वो जीतेगी तुम ज़िंदा रखोगे अगर.

मज़हब हमें सिखाते है मत मारो बेटी,
फिर भी अस्पतालों के कचरे में पड़ी है बेटी.
.. ये सब कर के क्या मुँह दिखाओगे ?
एक ना एक दिन तुम भी तो खुदा के घर जाओगे !!

(2)

तेरे आजाने की उम्मीद से हर शाम खुद को सवारती हू,
तू नहीं आता तो बड़े प्यार से खुद को बिगाड़ती हू.

तेरी याद हमेशा मुझको सताएगी, लेकिन ये कहानी कहाँ तक जाएगी ??
तू है तो ज़िन्दगी हसीन है तू है तो शामे रंगीन है,
तू नहीं तो कुछ भी नहीं है..
तेरे लफ्ज़ो मे वो मिठास रही नहीं शायद,
मैं भी तो पहले जैसी रही नहीं शायद.
मेरे पास कैद है वो किस्से, जो तू मुझे सुनाता था,

तभी अचानक से मुझे तेरे लिए कोई किस्सा याद आता था..

तू जो है शायद कहीं पर, तू रह कर भी नहीं है यहाँ कहीं पर.
तू जो होगा भी तो क्या फर्क मुझ पर?
तू जो हावी रहता है मेरे लम्हात पर,
नहीं तकल्लुफ मुझे इस बात पर..

(3)

वो तेरा मेरी तस्वीर को घंटो निहारना .तौबा है ...

फिर मेरे सामने मुझे पहचानने से इंकार करना ...तौबा है

जो महफ़िल मे ले लू मैं तेरा नाम

छलक उठेंगे कई हज़ारो जाम
तेरी बेखुदी मे महफ़िल सजाई ...तौबा है

गया तू महफ़िल मे अकेला छोड़ कर....तौबा है

Afraj Khan

इनका नाम Musa- Afraj है।यह एक अच्छे इंसान है।ये गुजरात के खेड़ा जिला के रुदन (पठान पूरा) में रहेते है।इन्हो ने 10 तक पढ़ाई की है।वे बहुत सरल जीवन जीना पसंद करते हैं।ये कविता, ग़ज़ल, सॉन्ग इत्यादि लिखते है।ये हालातो पर और अपने जीवन पर लिखना पसंद करते हैं।

(1)

वो इश्क़ जो बचपन का था वो अब बिछड़ने लगा है
अब कैसे संभालू में दिल को ये अब बिखरने लगा है
सालो से संभाल रखा था ख़यालो में मोहब्बत के सागर को
तेरी शादी की खबर सुनकर ये अब आंखो से उभरने लगा है
तकलीफ ये नहीं है कि तू मुजसे दूर जा रहा है
तकलीफ तो ये है की तू मुझसे मुकर रहा है
अब कम वक़्त है आ जी भर के देखलु तुझे
जो कभी मेरा था वो मेरी दहलीज से रकीब के साथ गुजर रहा है

(2)

खुला आसमान है चांद सितारों का साया है
ना जाने फिर क्यू ये वक़्त लौट आया है
जानता हूं में की फिजूल है उसका इंतजार करना
देख कर ये मौसम मेरा फिर से दिल भर आया है
ए खुदा बता हमे ये कैसा दौर आया है
हर तरफ आज बस मौत का साया है
या खुदा आखरी उम्मीद है मेरी उसकी सूरत देखना
अब तो उस यार ने भी मेरी वफा को ठुकराया है

क्या है ये इश्क़ कोई हमें भी बताए
लोग क्यू पागल है इश्क़ में कोई हमें भी बनाए
ये इश्क़ की बीमारी जानलेवा है सब कहेते है
कोई हमें भी इश्क़ का बीमार करके दिखाए
मानता हूं में की होता होगा इश्क़ सच्छा
में चाहता हूं कि कोई मूजे भी अपना सच्छा इश्क़ बनाए
मूजे गुरूर नहीं है अपने आप पर भरोसा है
चलो कोई आए और हमे भी इश्क़ सिखाए

(3)

हम दुनिया में अपने हौसलों की उड़ान छोड़ जायेंगे
हम लोगो के दिलों में अपनी छाप छोड़ जायेंगे
ना धोका,ना कपट और ना ही फरेब सिखाता है हमारा मजहब
मिटा के नफरत दिलों की हम प्यार छोड़ जायेंगे
दुखे ना किसिका दिल हमारी वजह से इस दुनिया में
लोगो के दिमाग में ये सच्ची बात छोड़ जायेंगे
हमारी दोस्ती मिलती है बहुत नसीब से हम निभाते ही ऐसे है
हम पठान है जनाब इतिहास रच जाएंगे
Proud to be a Pathan

~दोस्त~

जो खुद से पहले अपने दोस्त को सोचे वो है सच्चा दोस्त
जो आपकी लड़ाई होने पर आपसे पहेले कूद पड़े वो है सच्चा दोस्त
आपको कभी भी अकेलापन महेसुस ना होने दे वो है सच्चा दोस्त
आपकी सारी मुश्किलों को पल जो हल करदे वो है सच्चा दोस्त
आपकी हर परेशानियों को आपके बिन बताए ही जानले वो है सच्चा दोस्त
हाल चाहे जैसा भी हो आपको कभी तन्हा ना छोड़े वो है सच्चा दोस्त
जो हर वक़्त आपकी तंग करता हो पर किसी और को आपके बारे में कुछ ग़लत ना बोलने दे वो है सच्चा दोस्त
जो आपकी एक आवाज़ पे आधी रात को भी दौड़ा चला आए वो है सच्चा दोस्त
ऐसे बहेतरिन दोस्तो पे मेरे जान कुर्बान

Akash

ये आकाश हैं ये देहरादून के रहने वाले हैं ओर ये तेलंगाना में जोब करते हैं ओर देहरादून से ही अपना स्नातक किया है ओर इनको शायरिया लिखने का बहुत शोक हैं।

(1)

यूँ तो में उन पर क्या अजीब असर रखता हुँ ।
उनके दिल की तमाम में यूँ ख़बर रखता हुँ ।
शायद हीं भुल पाए वो मुझे ऐसा ग़ज़ब कुछ हैं ।
याद आने के में भी सारे हुनर में रखता हुँ ।

(2)

बेवक्त याद उनकी कुछ ऐसा उनका असर हुआ ।
करवटें बदलते हैं रात में हाल कुछ ऐसा अपना हुआ ।
अब ना हों बातचीत तो लगता नहीं कहीं भी मन।
ना जाने वो इतना ज़रूरी कैसा हुआ।

(3)

जाता नहीं तुम्हारे प्यार का राेग ये कसम ले लो,

गले में सैकड़ों ताबीज़ डालकर हमने भी देखे हैं।

(4)

टूटे तेरी निगाहो से गर दिल आकाश का

पानी भी में पी लूँ तो मज़ा शराब का ।

(5)

मुझे मालूम है,हूँ तो कुछ भी नहीं में उनके लिए मगर
पर वक़्त बे वक़्त ख़्याल उनका रखता हुँ ।
वो आयेंगे ओर होगा उनका दीदारे तलब ।
ग़लतफ़हमी में ये हर बार करता हुँ ।

Dilshad Khan

ये दिलशाद खान, बिहार के रहने वाले हैं। इनको लेखन में विशेष रुचि है। कविताओं के साथ साथ ही इन्होंने कई तरह की कहानियाँ भी लिखी हुई है। ये अपना भविष्य लेखन में बनाने के लिए हर सम्भव प्रयास कर रहे हैं।

(1)

मुझे पीने की औकात ही कहां .

तेरी बेवफाई ने मुझे मैखाना दिला दिया!

(2)

मत पूछ कि मेरी चाहत क्या है। अपनी चाहत बता।
गरीबी तू देख चुकी है। अमीरी को तू बता ।।
झोपड़ी की साकुन तू देखी है।
महलो कि सकुन तू बता ।।
तु मेरी सासो मैं है।
मैं कहां हू। तू बता ।।
तू मेरे हर हार मै है। मैं तेरे जीत मै हु कि नहीं तू बता।।
तु मेरी थी मेरी है मेरी रहेगी। मै तेरे सपनों में तेरा कभी था तू बता।।
मै रेत था मिट्टी था तेरे काबील ना था।
वे तेरे काबील तू उसके काबील है।तू बता।।
मैं अधुरा, मेरी चाहत अधुरी, मेरे सपने अधुरा।
तू पुरी, तेरे चाहत है पुरी,तेरे सपने पुरे ,अब तु खुश हैं तु बता।।

(3)

ये कामयाबी तू गरुर ना कर जो पास है । उसे दूर ना कर। तुझे पाना अभी बाकी है। किसी और को पाने को ठानली है।तुझे डूबा दुगा अपनी चाहत की कमयाबी में।
क्यों कि ये कामयाबी तुझसे अभी हार ना मनली है।।

उसके झुल्फे से अभी नजर हट ता नहीं ।तू समझा की मैंने हार मानली है अभी मै दीवाना हूं। परवानेकी चाहत आने दे । प्यार मुहब्बत इश्क़ साब करुगा तेरी
ऐहशा तो आने दे।।

चंद सिके के लिए मै तुझसे दूर हूं। ओ सिके तो अजाने दे।।

(4)

जिनके हाथ खुन रंगे है।
अब वो दाग की बात करते हैं।

Rajan_Kumar

इनका नाम - मिस्टर राजन कुमार हैं!
ये बिहार राज्य के नवादा जिले के रहने वाले हैं, बर्तमान मे नोएडा कॉलेज मे बायोटेक की
पढाई कर रहे हैं, इन्हें कबिता, शायरी, और ग़ज़ल पर लेखन की रुचि हैं

(1)

तेरा ख्याल मुझे अब सता रहा हैं, मगर ये कैसे
मुमकिन हैं...
की तुम्हे अब मेरा ख्याल आ रहा हैं..

चलो मान लिया मैंने तुम बदले नहीं
सवाल ख़ुद से हैं...

ऐसा हुआ क्यों?

तेरे करीब तो मैं कभी नहीं था मगर..
फ़िर तुम ने मुझे आज इतने दिनों के बाद..

📞 कॉल किया क्यों...
कुछ तो बातें बीती होंगी.. वर्ना मैं तो तुम्हारे लिए...
कब का मर चुका हूँ

लफ़्ज़ों मे - तेरा ख्याल क्यों

(2)

फ़िर मेरी याद तुम्हे ना रुला जाए
इस से पहले चलो यादों को मिटाया जाए..

मैं तेरे हसीन ख्वाब बनकर कब तलक रहूँ
इस से अच्छा तो हैं अब....

दिल को दो हिस्सों मे तोड़ा जाए..

मैं याद बन कर भी जी नहीं सकता..
तेरे वारे मे सोचा तो मैं बिखरने लगा

चलो फ़िर से हम अजनबी हों जाए
तुम ग़ैर के साथ जिंदगी बिताओ

मेरा क्या हैं मैं तो तन्हाई मे भी जी लूँगा सनम
तुम अपनी आशिक़ का दुनिया सज़ाओ

लफ़्ज़ों मे कलम से - तेरी दुनियाँ से दूर मैं

(3)

तेरा नाम लहू से अब लिखा जाए
मैं खामोश रहा तो मुझे बुदजिल कहा जाए

तुम कातिल हो माशूम मेरी इश्क़ की
अब तुम्हे क्या सज़ा दिया जाए

फैसला जो भी करना, दिल से..
मेरा नाम ना लेना..

मैं अगर मुज़रिम हूँ तुम्हारा तो
तेरे दिल मे मुझे उम्र कैद रखा जाए...

लफ़्ज़ों से - दिल मे उम्र कैद

(4)

मैं जा रहा हूँ अपनी गमो जिंदगी ले कर..
फिर ना कहना चला गया मैं इश्क़ की दवा दे कर..

जब भी तुम्हे किसी से मोहब्बत हों जाए
मेरी दुआ हैं उस से तेरा निकाह हों जाए

खुश रहे तु सदा मैं यही चाहूँगा
मैं मर भी गया तो

तेरा ही रहूँगा

फ़र्क़ बस इतना सा होगा, मेरे
दिल ए ज़ख़्म पर मरहम तेरा ना लगा होंगा

लफ्ज़ ए दिल - ज़ख़्म तेरा मरहम ना होंगा

Tanisha Raj

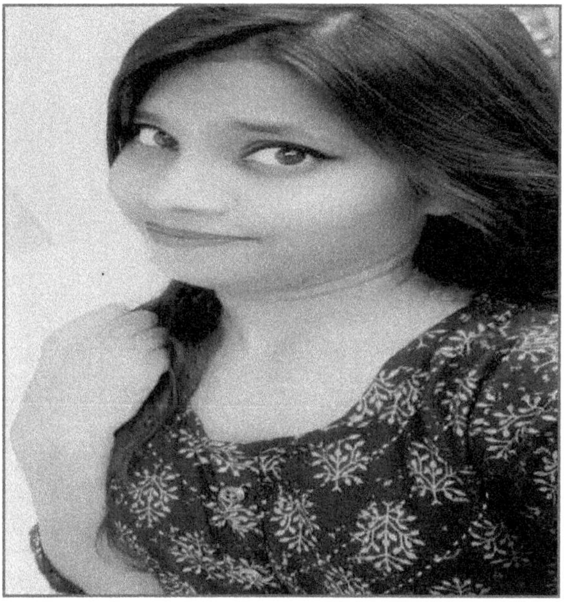

She is Tanisha Raj from Bihar. She passed 12th last season. Now she wants to study law. She has a special interest in writing, knowing how to put her feelings into words.

(1)

सुन सखी जाके अपनी सखी से कहना!!!
आज तेरे द्वार पर सखी आयी रहीं!!!
तू काहे मुंह छिपाए घर में बैठी रही!!!

(2)

आज मां ने मुझे कुछ इस प्रकार खिलाया :-
जब मां ने रोटी उठाया
उसके कुछ टुकड़े किए
खिलाने के लिए हाथ बढ़ाया ही था
मैंने मुंह खोला ही था
उसने खिलाने का प्रयत्न किया ही था

इतने में ही कुछ यूं आवाज़ आती है :-
अरे! सुनती हो जी...
बहू इधर आना ज़रा...
मम्मी पानी दो ना...

फिर क्या मां चलती चलती चली गई
मैं भागी भागी अपने कमरे में आ गई
रोटी ख़तम भी ना हुआ
भूख मीती भी नहीं ।

(3)

अरसे बीत गए

चलो न आज थोड़ा गप्पे लगाते हैं
चलो न आज फिर वह दिन दोहराते हैं
बड़े दिन हो गए
अब वो समोसे याद नही आती क्या??
जो बड़े दूर चलके खाया करते थे
अरे!! भूल गए क्या??
अरे!! वही लक्ष्मण अंकल
जिनको हमलोग मीठी मीठी बातों में पोहलाया करते थे
वे भी न बड़े जल्दी ही मान जाया करते थे
वो भी क्या पल था
ऐसा पल था
ऐसा करते थे
वैसा करते थे
बस यादों में ही जगह बनाया बैठा है
क्या बोलते हो क्या वो लम्हों को यादों से निकाला जाए
क्यों न वही पल पिरोया जाए
चलो न दोस्तो एक पल बिताया जाए
फिर वही खुसबू महकाया जाए
यादों को याद से निकाला जाए
एक पल उस पल के साथ जिया जाए।

Chandan Kamiya

His name is Chandan Kamiya he is posted at multinational companies.
He is an accountant GST expert and income tax return adviser.
He has good siklls
He is good writer also
He like to write short quote and shyaries...
He lives at alwar in Rajasthan state at present

(1)

वो जो हमारे लिए ख़ास होते हैं,
जिनके लिए दिल में एहसास होते हैं,
चाहे वक़्त कितना भी दूर कर दे उन्हें,
पर दूर रहकर भी वो दिल के पास होते हैं.......!!!

(2)

चांद आपको दुहाई देगा ,
सपनो में वहीं चेहरा दिखाई देगा,
ये मोहब्बत है जनाब,
जरा संभलकर करना
वरना एक आंसू भी गिरेगा ,तो सुनाई देगा

(3)

चाहूं तो कर सकता हूं डिलीट...
तेरे साथ बिताए लम्हों को ,तेरे साथ खिचाए फोटो को.,
तेरे दिए हुए उन ज़ख्मों को, नम हुई उन आखों को,
चाहूं तो कर सकता हूं डिलीट....
तेरी दी हुई मुस्कुराहट को,तेरे आने की आहट को.,
तेरे सारे वादों को, तेरी सारी यादों को...,
चाहूं तो कर सकता हूं डिलीट....
पर करना नहीं चाहता,,,,, क्योंकि...,
कुछ ज़ख्म भुलाएं नहीं जाते,
आए दिन दिल लगाए नहीं जाते...
मिटती अगर यादें, तो कब का मिटा देते ।
यू जबरदस्ती लोग भुलाएं नहीं जाते....

(4)

मैंने कभी किसी को आजमाया ही नहीं,

जितना प्यार दिया उतना कभी पाया ही नहीं,

किसी को मेरी कमी महसूस हो,
शायद खुदा ने मुझे ऐसा बनाया ही नहीं

Sandip Awasthi

यह संदीप अवस्थी जी हैं,
इनका मूल निवास गुना जिला मध्य प्रदेश से हैं!
यह वेदपाठी- कर्मकांडी ब्राह्मण है और व्यवसाय भी करते हैं, इन्होंने अपनी शिक्षा संस्कृत से ही पूर्ण कर ग्रेजुएट बने,
कविता लिखने का बहुत शौक है,

(1)

जिंदगी अंधेरों में क़ैद इस रोशनी की तरह है,
मेरी ख्वाहिशें भी चीनी की चाशनी की तरह हैं!

थोड़ी-सी कम रहें तो फीकी लगती हैं,
थोड़ी ज़्यादा हो जाए तो तीख़ी लगती हैं!

मुझे ख़ौफ़-सा रहता है ज़माने से हरदम,
मग़र दूसरों के घर की आग धीमी-सी लगती है!

दुनिया जानती है दर्द क्या होता है?
मग़र उसकी आँखे मुझे शरबती सी लगती है!

मुख़्तसर-सा फ़क्र खुद पर तो लाज़मी है
मग़र उसकी जिंदगी मुझे ज्यादा अच्छी लगती है !

मौत तो महबूब है वो तो साथ निभाएगी निभाएगी
मग़र कुछ फरिश्ता बनकर भी बेवफा से लगते हैं !

Anand Bhushan Mishra
(Navy Engineer)

Anand Bhushan Mishra is a new writer and lives in Uttar Pradesh. He is a metaphysical type of person. He started his professional journey of writing in 2017. He likes writing poem, shayari and articles. He is a Navy Engineer and also, he likes travelling. He is very innovative and creative .He always try to give his best. His effort is appreciable.

रात से गले लगकर

रात से गले मिलकर,
दुनिया के किस्से सुनाए मैनें।

दुनिया में जो तबाही का,
तूफान चला है सुनाए मैनें ।

रात ने भी चुपके से पूछा,
आखिर खता किसकी थी।

मन ही मन जबाब मिला,
और अपने ही दोष गिनाए मैंने ।

(2)

हम भी परिंदों की तरह
चलो,हम भी परिंदों की तरह,
आसमा की शैर को निकलें।
ऊँची उड़ान है तो क्या हुआ,
छोटी सी इक कोशिश तो करें।
यूँ सहम कर बैठ जाने से,
मंजिल कहाँ हासिल होगी।
परिंदे सिखाते हैं कि,
जीतने के लिए गगन की ओर चलें।

नहीं मुमकिन

नही मुमकिन यह कि कदम ना बढ़ाऊँ,
मुझे पता है कि रास्ता आसान नही है यह।

नही मुमकिन यह कि वापस चले जाऊँ,
मुझे पता है कि संघर्ष की घड़ी है यह।

चट्टानों को तोड़ने निकला हूँ घर से मैं,
इरादे मजबूत हैं मेरे अभी हार नही मानूँगा।

चाहे मिलें हजार असफलताएँ और थक जाऊँ,
फ़िर भी मंजिल पाने की चाह मेरी है यह।

UPSC_ASPIRANT_STORY

(4)

समय से लड़ाई है अपनी "

समय से लड़ाई है अपनी,
कुदरत भी नाराज है ।
कुदरत ने जो कहर बरपाया है,
हम सब जिम्मेदार हैं ।
कुछ भी नही बचा जो,
हमने छतिग्रस्त ना किया हो।
मानव अब कैद हो गया,
पंछी जन्तु सब आजाद हैं।

#कुदरतकीनाराजगी
#CORONA

Rajendra Bahadur Singh

ये रायबरेली, उत्तर प्रदेश के ग्राम
किसुनदासपुर से हैं।सेवानिवृत्त शिक्षक हैं।तीन काव्य पुस्तकें प्रकाशित हैं। अन्य दो प्रकाशित होने को हैं।

सफर में साथ

सफर में साथ कोई हो ना हो बढ़ते जाओ ।
यहां का एक है दस्तूर बस चलते जाओ।।

होके मायूस यूं आंसू बहाना ठीक नहीं ।
जब तलक सांस है हर दर्द को सहते जाओ ।।

भले ही बात तुम्हारी कोई समझे ना सुने।
वास्ते न्याय के हर बार तुम कहते जाओ ।।

चीर करके अंधेरे को सुबह आएगी।
सामने आए जो मुश्किल तो लड़ते जाओ ।।

कोई तुम्हारी मदद को भले ही मत आए ।
दूसरों के लिए जो बन पड़े करते जाओ।।

याद आता है हमेशा

याद आता है हमेशा, खुद कभी आता नहीं ।
वक्त जो गुजरा कभी भी लौट कर आता नहीं ।।

नजरे चुरा कर इस गली से वो निकल जाता है यूं।
था कभी जैसे कोई भी, दूर तक नाता नहीं।

है अगर नाराज तो होगी कहीं गलती मेरी ।
अपनी वफा से ऐसे कोई रूठ कर जाता नहीं ।।

क्या करें कैसे मनाए दिल से हम मजबूर हैं ।
मेरी तरफ अरसे से रुख भूलकर करता नहीं।।

आए नहीं अब तक

आए नहीं अब तक, क्या बात हो गई।
राह देखते हुए फिर रात हो गयी।।

यादों का सिलसिला, उम्मीद की तपन।
उम्र भर की शायद सौगात हो गयी।।

वादे का टालना अब, हो गया चलन।
भूल जाना सावन की बरसात हो गयी।।

इंतजारी का कोई सबब,अब नहीं ।
तारे हैं छुप रहे और प्रात हो गयी ।।

मुद्दत गुजर गयी

मुद्दत गुजर गई है अब तो पास आइए ।
ये हाथ अपने हाथ में फिर आज लीजिए।।

बार-बार याद आये हो प्यार की कसम ।
मौका फिर दीदार का एक बार दीजिए ।।

ऐसी भी मजबूरी क्या वे दिन भुला दिए।
वह गुजरे लमहे फिर से अब याद कीजिए ।।

दुश्वारियों,नाकामियों का दौर जिंदगी ।
दो चार पल के वास्ते सब कुछ भुलाइए।।

Prem Sagar Gupta

इनका नाम प्रेमसागर गुप्ता है, ए उत्तर-प्रदेश के महराजगंज जिले के रहने वाले हैं,
वर्तमान में ए प्रयागराज में UPSC CDS कि तैयारी कर रहे हैं
और वहीं से english luterature से Master degree ले रहे हैं,

ए अपने बेचारों को आप सब के पास पंहुचाना चाहते हैं।

(1)

इश्क की नज़र से जब इश्क हो जाती है,
इश्क हो जाती है तो कुछ समझ ना आती है,,

लोग कहते हैं इश्क ना कर,
अब उन्हें कौन समझाये इश्क करते नहीं ,
इश्क तो हो जाती है।।

(2)

इश्क की गली में हमे जाना पसंद है,
इश्क में रूठ जाते हैं लोग,
हमें मनाना पसंद है,,

यूं तो पता है, इश्क दर्द देता है बहुत,
लेकिन हमें तो इश्क में टूट जाना पसंद है।

(3)

तेरा बनकर मै किसी और का नहीं,
मै भी एक आशिक हुं कुछ और नहीं,

काश हमे भी पता होता
 तू किसी और की भी है,

दिल लगाने से पहले
 दिल तोड़ लेता खुद का,

लेकिन किसी और का नहीं।।

4)मुझे ए नहीं पता
 की तू ऐसा क्यों करती हो,

हमें तो बस यही पता
की तू भी हम् पर मरती हो,

रुला लो चाहे जितना भी,
प्यार जितना मै करता हुं,
उतना तो तुम भी करती हो।।

Manish Kumar Singh

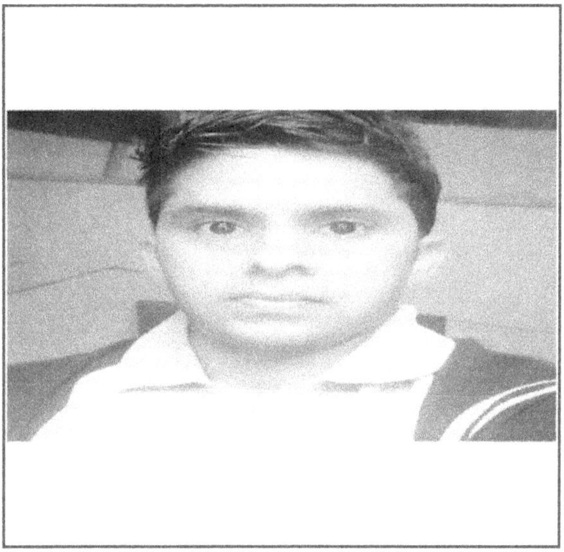

ये मनीष कुमार सिंह जी हैं। इन्हे कविताएँ एवं कहानियां लिखने का बहुत शौक है। ये एक नेक दिल इंसान है, जो कविताओं के माध्यम से लोगों के दिलों को छू लेते हैं।

(1)

बहकने में कोई हर्ज नहीं
तू जैसे चाहे जी जिंदगी है तेरी,
कोई क़र्ज़ नहीं

(2)

रहने दे उधार एक मुलाकात यूँ ही,
सुना है उधार वालों को लोग भुलाया नहीं करते ।

(3)

जो लम्हा साथ हैं... उसे जी भर के जी लेना.

कम्बख्त" ये "जिंदगी".. भरोसे" के काबिल नहीं है.

Dhirendra Singh Rana

Dhirendra Singh Rana, Entrepreneur by profession and writer by Passion. A 53 year old man , who manages his business and house both well and now started bringing his Emotions to the paper. It's not just the beginning stage of him in the phase of writing as he is writing from last 27 years and it is glad to know that now he initiated this phase with Flairs & Glairs.
Help him to achieve the highest in his Passion.

(1)

हीरा परखने वाले से पीड़ा
परखने वाल ज्यादा महत्वपूर्ण होता हैं।

भटकती है जहन में यादें,
कोई किनारा नहीं मिलता
उलझी हुई जीस्त को
खुशनुमा इशारा नहीं मिलता!

माजी के शहर में ही जाके,
मिलता जी भर कर सुकूँ,
उस जैसा मुकम्मल सुकूँ
कहीं मेरे यारा नही मिलता!

लम्हो की गुजारिश में
गंवाए दिन रात साल महीने
वक्त की तपिश ऐसी
हमको ही हमारा नही मिलता!

अहबाब है कुछ ऐसे की
हो कर भी नही लगते की है,
उनसे कोई रिश्ता दिल
का हमारा तो नही मिलता!

मुड़ जाएंगे कभी हम भी
जब आएंगी सामने दो राहें
बढ़ जाते है सब आगे कोई
यहां दोबारा नही मिलता!

(2)

अगर जिंदगी को पहेली बनाया तो उलझते रहेंगे..
मगर जिंदगी को सहेली बनाया तो सुलझते रहेंगे!

किस रुई से बने हैं.....
ना जाने किस *
सुई से सिले हैं..
ये कुछ धागे...... *
अपनेपन और अहसास के
जो आप सभी से मिले है

जिम्मेदारियाँ भी क्या खूब..
इम्तिहान लेती हैं....!!!!
जो निभाता हैं.....!!!
उसी को परेशान करती हैं..!!

(3)

इश्क में दिलो-दिमाग लुटाने पड़ते हैं,
उजाड़ खुद को पैर ज़माने पड़ते हैं,
ना हौसले साथ हो ना उम्मीद ही,
इक जनून से तूफां झुकाने पड़ते हैं,
तजुर्बे के चूल्हे पे सोच पकती नहीं,
अंधेरों में सब ख्याल जलाने पड़ते हैं,
ठोक-बजा के देखे हैं ये पक्के इरादे,
वक्त की आग पे खूब तपाने पड़ते हैं,
मिलती कहाँ हैं मुहब्बत भी मांगे से,
काबिज़ होने के मंसूबे बनाने पड़ते हैं,
ये ख्वाब भी सब यूँ ही नहीं बुने जाते,
फंदे बड़ी तरकीब से उठाने पड़ते हैं,
टूट तो जायेंगे तुम्हारे तोड़ते ही,
इक उम्र लगा के रिश्ते बनाने पड़ते हैं!

Vikash Kumar

He is Vikash kumar from lakhisarai, vikash kumar. She is a final year graduate student. With an ambition to be a judge He also has a great interest in literature. He loves to write poetry, Shayri.

(1)

तुझे नाज़ हैं कि तू इश्क़ हैं
तेरे गुलिस्तां की मिसाल क्या
मुझे फक्र हैं कि मैं हुस्न हूं
जो जला ना दूं तो कमाल क्या

(2)

उन्होंने हमें छोड़ दिया बीच मझधार में
वो अकेले बह गए समंदर के उस पार में,
हमने सोचा यही अंत था हमारे प्यार का
मगर यकीं हैं हम फिर मिलेंगे बहते पानी की धार में।

Isshu Shami

Isshu Sami born and brought up in Nagpur Maharashtra, he is doing well in his profession but he wants to became a writer in future!!

गुजर रही है जिंदगी

गुजर रही है जिंदगी हर हाल में
हर हाल गुजर रहा कमाल में
कोई साजिश कोई फरेब कोई गम नहीं
झूठे चेहरे ही मिल रहे जमाल में

कभी कोई फुसफुसाहट करता गया
कभी छेड़ा किसी सवाल ने
कभी अंजुमन दहक उठी
कभी कोई घाव बचाया ढाल ने

उसके चशमों की चमक महक उठी
उसकी खुशबुओं की तस्वीर में
दावते कितनों ने दी उसे
अपनी अपनी तकदीर में

वो फलसफ़ी क्या फलसफा सिखा गया
उसके दर पर हर एक सर आ गया
वो नफ़रतों की तलवार से प्यार का
एक एक कर हर नुक्ता खा गया

तू यही पर रह गया!!

छत पे चांद सी जो चली आती थी
झील पे बैठे वो गुनगुनाती थी
अपने किस्सों को वो समेट कर
अपनी गज़ल- ए - दास्तान सुनाती थी

प्यार के भंवर में मेरी नाव थी
उसकी छत पे नीम की भी छांव थी
मेरी नजरें उसको रहती खोजते
देखा मैंने उसको आंसू पोंछने

रात में चुपके से मैं उसके घर
रख आया प्यारा तोहफा झरोखे पर
फिर सुबह खिलती कली सी मुस्कान थी
वो इश्क मेरा वोही मेरी जान थी

कुछ बरस गुमनाम आशिक में रहा
वो चमन सी मैं हवा सा बह रहा
आँधियों का मौसम भी कह गया
उसकी डोली उठ गयी तू यही पर रह गया

Flairs & Glairs

Flairs and Glairs, a platform by a student for the students. We are esteemed youth struggling to carve out our path for our future and we follow a basic mindset Since everyone is not born with all-round skills. Joining hands with people who are born to execute it with perfection is the best way to evolve. Self-Evolution is the need of the hour but, evolving as a community is what we strive for. The initiative as kickstarted by, Founder- Mr. Shubham Shah with the motive to utilize the skillset and talent of writing has now a team of 10+ people who are actively participating into newer forms of learning and discovering talents among youngsters. We Provide platform and services like Publishing opportunities, Open mics, Workshops, Hands-on training. Operating with Brand Name of Flairs and Glairs (Publication House), we offer the chance of elevating a passionate writer to an esteemed author With Brand name Teekhe Zasbaaat. We bring to you an opportunity to get accustomed with the Public Speaking and Presenting of Thoughts along with regular challenges to brush up your inking spirit. The newest initiative to extend our services we introduced in a new writing Platform- The Glittering Fables and Ink Over Tears.

We Choose to Fly Like A Falcon than to be

a Leg Pulling Crab.

---

www.ingramcontent.com/pod-product-compliance
Lightning Source LLC
Chambersburg PA
CBHW050521240926
51846CB00003B/641
9789390799305